Frédéric

53 cm

Bessora

53 cm

Roman

Le Serpent à Plumes

N° ISBN : 2-84261-143-8

Le Serpent à Plumes
20, rue des Petits-Champs - 75002 Paris
http://www.serpentaplumes.com

Pour Fabrice Kœnig
Pour Saartjie Baartman

1

De l'altérité dans le règne gymnasial…

– Bonjour ! Bienvenue au Gymnasium !

Le gentil animateur, immense et athlétique, me sourit. Il ajuste une mèche rebelle, échappée du Nylon blond de sa perruque. Je fixe son iris de synthèse bleu méthylène :

– Jolies lentilles.

Je me dirige vers les vestiaires. Soudain, je l'entends courir derrière moi ; je hâte le pas pour lui échapper, mais il me rattrape, saisit mon bras droit, et, m'écrabouillant les os, me force à lui faire face :

– Je suis pénisopyge, me déclare-t-il. Es-tu stéatopyge ?

– Plaît-il ?

– Tu es de race stéatopyge si, et seulement si, le périmètre horizontal de ton postérieur dépasse 791 millimètres. La stéatopygie est un caractère racial révélé par Cuvier et Montandon, des naturalistes célèbres et réputés ; il faut connaître ses classiques. Alors, as-tu les fesses assez grosses, oui ou non ?

– Hélas non.

– Moi, en tout cas, j'ai un gros sexe. Et toi ?

– Qui es-tu ?

– Je suis Bambara de Neuilly.

– Bambara ? C'est un prénom indien ?

– Non. Absolument pas. Du tout. Je m'appelle Keita. Le Bambara est un indigène du Mali ; mais le

Bambara peut également être généré à l'hôpital américain de Neuilly ; c'est mon cas : je suis né à Neuilly-sur-Seine.

– Soit. Tu es pénisopyge du Mali de Neuilly-sur-Seine ; mais je ne pense pas être de race pénisopyge, ni même stéatopyge.

– Tu n'as pas le nombre de millimètres qu'il faut. Tant pis pour toi.

Il s'en va, l'air méprisant.

Ronchon, je regarde le sol ; la moquette vert pelouse est hypoallergénique : pas le moindre grain de poussière. Sur tous les murs, des miroirs portent cette inscription : *Et le Gymnasium créa la forme.* Tous les deux mètres, de gros appareils rougeauds, à tube de fer priapique, à poids ou à pression, dégoulinent de sueur.

Au fond de la salle, une animatrice anabolisée est agenouillée devant un appareil à gonfler les dorsaux au millimètre près. Elle cambre les reins pour atteindre le long tube métallique au centre de l'appareil pénisopyge, et y passe un coup d'éponge, avec application. L'opération terminée, elle se relève en soupirant, et s'en va frotter l'appareil voisin.

Plus loin, un Arabe gris cendré, à bandana et survêtement de sudation, fait du body-trainer, en téléphonant :

– Non. Pas un siamois ! Un singapora. (L'homme s'éponge les yeux et décolle quelques mèches gluantes de son front.) Je veux un singapora. (Il tousse d'épuisement.) C'est… c'est quand même moins commun. Oui ma chérie, c'est un chat de type asiatique.

Il consulte son tableau de bord :

– Merde… j'ai brûlé que 42 calories. Quoi ? Mais non ma chérie ! Le singapora est une race félinidée découverte par les Américains dans les égouts de Singapour ; un pur-sang de race hyperpure, oui.

Derrière le body-trainer, un Blanc, gris cendré comme l'Arabe, vagit sous le poids des haltères ; ses biceps sont tendus, veineux, trop pleins. Face à lui, une demoiselle olivâtre tente douloureusement de résister à une grosse sangle en caoutchouc, poisseuse, sadique ; elle sanglote, hoquette, éructe. Plus loin, un Tamoul chocolat fortifie sa circulation sanguine en haletant. Plus loin encore, un Blanc laiteux crache son stress en poussant un râle.

Un autre… encore un autre… toujours un autre… toujours l'altérité…

Ils m'encerclent. C'est un piège. Ils dégoulinent de partout, comme des chaussettes mal essorées, tout autour de moi. Ils puent de dedans et de dehors, comme des chaussettes mal lavées, tout autour de moi. Moi, je ne pue pas : je suis une chaussette propre.

Ils vont payer.

Je pousse un soupir d'agacement, remarquablement sonore. Personne ne l'entend : mon souffle est couvert par leurs mugissements.

Ma serviette sera peut-être à la hauteur. Rien ne peut rivaliser avec ma serviette. Je la secoue nerveusement, amplement, pour les chasser, eux, ces mouches.

Mais non. Personne ne bronche. J'ai juste réussi à créer un courant d'air assez millimétré pour me renvoyer, en pleine figure, les effluves malodorants d'un petit moustachu, dégoulinant d'un genre de mucus.

C'en est trop.

Je dois les humilier. Tous. Musculocentristes, afro-centristes, européanocentristes. Tous les millimètres. Et mêmes les décimètres, s'il le faut.

Je traverse la salle vers une fenêtre ouverte sur la canicule aoûtienne. J'inspire bruyamment pour signifier mon manque d'air aux voleurs d'oxygène. J'expire encore plus fort ; au passage, je lâche un juron.

Mais non.

Personne ne me voit.
Personne ne m'entend.
Personne ne me déteste.
Pas du moindre millimètre.

Je m'en vais.

2

De l'étrangeté dans le règne international...

Dans le métro, Marie feuillette *Minnie Magazine* et câline sa vieille girafe en peluche. Je fouille mon sac en quête de deux Carambar et de ma convocation à l'Office des migrations internationales. Keita de Neuilly avait raison : je ne suis pas de race stéatopyge. Je ne suis pas de nationalité française non plus ; l'étrangeté, c'est la condition nécessaire et suffisante d'admission à l'Office des migrations internationales.

Porte-de-Bagnolet : nous descendons.

Marie se plaint de la chaleur et des voitures qui puent ; elle les oublie en ramassant les petits cailloux qu'elle trouve jolis.

Nous arrivons devant le grand bâtiment gris de l'OMI. Nous passons une porte à battants et marchons au-devant d'une ravissante rousse à lunettes, assise derrière un guichet. Je lui donne ma convocation. Elle la prend en contemplant Marie, se lève pour lui faire gouzi-gouzi, s'ébaudit devant ses six ans, ses jolies boucles et ses beaux yeux. Elle nous accompagne jusqu'à deux sièges de plastique orange, nous invite à patienter un moment. Je ramasse un journal abandonné sur la chaise voisine, *Paris Boum Boum*. Page neuf, trois chatons sont promotionnés : *deux mois, type européen, produire deux justificatifs de domicile pour les obtenir.* Désormais, je peux produire un, même deux, voire trois justificatifs de domicile : ça permet d'obtenir, outre les chatons de *Paris Boum Boum,* une *ca't de séjou'*. J'en ai gagné une il y a six mois, à un concours organisé par la préfecture ; c'était une *ca't* provisoire : les virus ne s'attaquant qu'aux étrangers, l'OMI se doit de procéder à mon contrôle sanitaire ; s'il s'avère que ma personne n'est pas infestée, ma *ca't* deviendra définitive : elle durera un an, moins les six mois déjà écoulés.

Je tourne les pages de *Paris Boum Boum.* Page seize, on vend des cours de tango. Tango ? Le prof est sans doute de type argentin. Le type argentin, c'est la moustache fine.

Un infirmier antillais, sans moustache fine, vient me chercher ; il pince gentiment les joues de Marie et nous conduit dans l'antichambre miniature d'une petite pièce blanchâtre, pleine d'instruments barbares. Il radiographie mes poumons, analyse mes urines, pèse mes kilos, et mesure mes millimètres. J'ignore ce que ma belle-mère, la douce France, attend de ces données naturalistes.

L'infirmier nous accompagne jusqu'à une petite cabine blanche ; un contrôleur sanitaire blanc nous reçoit. Marie s'accroche à mon pantalon et au cou de sa girafe. Je me déshabille, m'allonge. Le docteur examine tous mes millimètres ; il oublie seulement de compter mes dents. Il m'annonce une scoliose triple, et déplore une épaule plus basse que l'autre, légèrement. Mais ça ne suffit pas à m'interdire le séjour en France.

Je reboutonne ma chemise. Le bon docteur me raconte ses voyages de routard : la Malaisie, le Kenya, la Turquie. Les immigrés de l'OMI lui rappellent de bons souvenirs. La diversité des races le fascine.

L'examen et la narration terminés, le bon docteur me délivre le certificat médical qui déclare remplies *les conditions requises, au point de vue sanitaire, pour que le séjour en France soit autorisé.*

Mais il ne délivre rien à Marie.

3

De la ceriseté dans le règne végétal...

De bon matin, après avoir conduit Marie à l'école, je me précipite dans le métro. Je grimpe dans la voiture de tête et repère une place assise ; une seule. Je me jette sur le siège éventré.

Je m'assieds à côté d'une belle femme noire, scarifiée. Habillée d'un ensemble de basin bleu et saumon, brillant et lustré comme du satin, elle parle à un homme, assis face à elle. De gros sacs déchirés, pleins d'un bazar qui grince et cliquette, couvrent ses pieds.

Je descends à Château-Rouge, dans le XVIIIe arrondissement. En haut de l'escalator, des taggers ont profané un panneau publicitaire pour Kentucky Fried Chicken : *toxic bouffe USA. Toi aussi, rejoins le Front de libération des légumes.* Ils ont laissé leur numéro de téléphone.

Vivent les légumes libres.

Vivent le manioc, les gombos, les bananes plantains et les cerises que, justement, je vais cueillir au marché de la rue Dejean.

Des pyramides de fruits, légumes, poissons, viandes, nécessaire de cuisine, bazar, se dressent sur les étals. Les poissons viennent de toutes les mers ; les légumes et les fruits arrivent de toutes les terres. On se croise, on se parle, on virevolte, on se tape sur l'épaule, on chante. Comme de beaux insectes aux ailes colorées, on papillonne d'un agrégat à l'autre, on butine dans toutes les fleurs, on respire tous les parfums, on donne de la voix, on rit fortement. Hommes, femmes, enfants, tout le monde se serre les mains ; les sourires et les éclats de rire fusent de part en part.

C'est comme un joli vernis pailleté, presque mièvre.

Sur la façade du poissonnier, la photocopie d'un tract dénonce et appelle à la délation : *Forte récompense pour qui nous ramènera Lissouba, ethnie congolaise, génocidaire des Pygmées.* Ils ont oublié de laisser leur numéro de téléphone.

Face au poissonnier, un primeur regorge de dattes. Il a aussi des mandarines fraîches ; elles ont encore des feuilles. Il a même des cerises. J'adore les cerises. Noires, rouges ou violacées, elles sont toujours le prétexte d'un petit rituel, dans le temple de ma bouche. J'en livre une tout entière à mes lèvres et la précipite sur ma langue. Je promène sa forme ronde et lisse d'une joue à l'autre, puis, des canines, je frappe, assez mollement pour ne pas être prise au piège du noyau. Je perce la peau, ferme, et croque dans la chair, fine. Le jus, frais, se répand, glisse sur mes papilles.

Deux jeunes femmes arabes choisissent des dattes. Le marchand blanc, gris et usé, leur sourit du milieu de sa barbe naissante ; une barbe plutôt sel que poivre. Ses yeux sont clairs et son visage buriné, comme celui d'un marin. Les deux femmes paient, et disparaissent.

Un jeune Blanc, en jogging et baskets noirs, demande un kilo de mandarines. Quatre dattes tombent de l'étal, s'écrasent sur le trottoir sale. En partant, le jeune homme marche dessus, s'arrête, semble hésiter à les ramasser, puis s'en va.

Je commande mes cerises. Le vieux Blanc remplit un sachet de papier, en regardant s'éloigner le jeune homme qui vient d'écraser ses dattes. Le vieux maugrée, et insulte le jeune Blanc en parodiant grassement l'accent qu'il imagine africain : *Connard de Blanc !*

Ah. Le joli marché multiracial de la rue Dejean.

Son *connard de Blanc* a des airs d'*enculé de Blanc,* que certains Caldoches s'envoient en rigolant, juste après avoir fraternellement déblatéré sur ces *enculés de Kanaks.* Le ton du maraîcher est maladroit, son regard fuyant, presque inquiet : quelques enculés de Nègres et d'Arabes l'ont entendu ; ils ne rigolent pas du tout : ils comprennent trop bien.

Le trait d'esprit est raté.

Une vieille Arabe, tatouée d'entrelacs de henné, glisse sur l'une des dattes écrasées et s'affale sur le trottoir. Elle est trop lourde pour se relever. Un Blanc, olivâtre et robuste, de trente-cinq à quarante ans, vole à son secours. Il s'agenouille, prend la femme par le bras, l'aide à se redresser et essuie son dos ; elle le remercie chaleureusement et disparaît. L'homme époussette son costume trois-pièces, donne un coup de peigne à ses petites boucles noires, et lisse sa fine moustache de danseur de tango argentin. Il s'exile cinquante mètres plus loin, sur une petite place pavée qu'il se met à arpenter en observant les alentours.

Le maraîcher ricane derrière sa barbe. Je regarde mes cerises. J'ai l'intuition que je ne les mangerai pas. Je le sens : ce marchand de légumes s'apprête à exécuter une danse macabre devant moi. Je la sens venir, je la sens gonfler, j'entends monter la musique funeste et le grondement sourd. Le vieux se dresse derrière l'étal et quitte son comptoir. Il ramasse les quatre dattes sales, ratatinées, qui gisaient au milieu des crachats, sur le parterre de sa scène, le trottoir de la rue Dejean. Il revient et enterre les dattes cadavériques au milieu des dattes vives, soigneusement ; à ce toucher visqueux, elles paraissent se contracter. Le fruitier m'apparaît sous son vrai visage : immense démon aux yeux bleus travesti en marin débonnaire. Le spectre à la face burinée me regarde ; dans son œil bleu, nul océan, juste le regard terne et vitreux d'un poisson crevé. Quelle importance… Les dattes, c'est un *connard d'Arabe !* qui les mangera.

Je sors de ma torpeur, pour entrer en état de choc, en état de stupeur, bouche ouverte. Mécaniquement, je me retire, ma monnaie dans une main et mes cerises dans l'autre. J'échoue dans la boutique voisine, j'y trouve une épicière ocre et vietnamienne. Je récolte quelques bananes plantains, une douzaine de gombos et d'atangas, et deux bâtons de manioc. Je ramasse du jasmin, embouteillé sous forme d'essence. Je moissonne les épices piquantes et aromatiques : gingembre, cumin, safran, curcuma. Autant de condiments que je mêlerai à une volaille blanche, qui achèvera de colorer dans une sauce au soja relevée d'un chutney de mangues.

Je paie l'épicière avec la monnaie du fantôme au regard sans iris, ni pupilles. Il y manque dix francs. Au voleur ! Il m'a piqué dix francs… Consternée, je décampe, direction le métro salvateur. Une banane plantain s'échappe de mon Caddie et roule vers la première marche de l'escalier métropolitain. Je cours pour la ramasser, mais une main plus rapide l'attrape avant moi. Je lève les yeux et rencontre un regard vert ; je sombre dans le regard du danseur de tango argentin, l'homme olivâtre qui a sauvé la femme arabe écrasée sur la datte.

Il me sourit.

4

De l'humanité dans le règne du mal…

Je m'attable à la cuisine. Sur le sachet de cerises, je lis : *Primeurs Pomi, Société à responsabilité limitée, 9, allée du Faucheur, Belleville.* Je déballe, pioche au hasard, et croque la cerise élue ; saveur suspecte : je recrache immédiatement. Une cerise ça ? Faux. Un bout de viscère venimeux pourrissant sous l'effet d'un virus inconnu. Je fais passer le goût en suçant un Carambar. Mais pourquoi diable prétend-elle être une cerise ? Pour qui travaille-t-elle ?

– Fausse cerise, es-tu contagieuse, virus infâme ?

– …

– Parle ! Qu'ai-je avalé ? Pour quel corpuscule extrême travailles-tu ?

– Je ne parlerai qu'en présence de mon avocat.

– Ah, vraiment ? Depuis quand les cerises et les avocats s'ensaladent-ils ?

– Je me plaindrai au Front de libération des légumes…

– Veux-tu que j'appelle l'agent spécial du Kentucky Fried Chicken ?

– Non ! Pas les Yankees, pitié…

– Alors parle. Pourquoi les moules d'Espagne sont-elles meilleures farcies ? Pourquoi les moules de Bouchot sont-elles meilleures marinières ? Hein, pourquoi ? Pourquoi, pourquoi ?

– Nan. Nan et nan. Voilà.

Parce que les moules d'Espagne sont plus grosses ; la moindre des choses qu'on puisse attendre d'une vraie cerise, c'est de le savoir.

– Attends un peu que je te pèse… Vais t'faire cracher l'morceau, moi.

La fausse cerise frémit d'horreur. J'intime :

– Tu vas parler salope ! Combien tu pèses ?

Son poids s'affiche sur le détecteur de mensonge :

– Treize grammes ? C'en est un de trop ! Ah ! Ah ! Tu es faite, fausse cerise.

– Je te jure… Je suis une cerise !

– Chère mademoiselle qui vous prétendez cerise, si vous habitez bien en Cerisie, rien ne prouve que vous y résidiez. Des présomptions, rien que des présomptions. Et vous réclamez une *ca't de cerisetè* !

– Mais, le vendeur de dattes, c'est pas ma faute !

– M'en fous. Ton compte est bon.

Ma cerise n'apporte pas la preuve de sa cerisetè. Elle ne peut pas non plus être classifiée dans la famille des cerisoïdes, et encore moins dans celle des cerisiens : elle aggrave son cas zoologique. Naturellement.

Elle n'est pas non plus de la sous-espèce négroïde. Naturellement.

Je ne suis pas de la sous-espèce alcooloïde. Non, non. C'est culturel.

Car je suis cultivée, moi. Keita a raison : il faut connaître ses classiques. J'ai donc lu Georges Montandon, médecin genevois émérite, star sur le retour de l'ethnologie française et raciologue italophile exilé un temps en Éthiopie mussolinienne. C'est anthropologique.

Maintenant, je sais tout de l'horticulture montandonnienne : comme l'humain, la cerise est une *espèce* (de). Le tronc humain s'appelle l'*espèce humaine.* Le tronc du cerisier s'appelle donc l'espèce cerisaine. C'est horticulturel.

De ces troncs se détachent des *rameaux* : des branches feuillues pour le cerisier et des bras moustachus pour l'homme ? Pas du tout. Des *troncs* humains de Montandon se détachent des *rameaux précoces* et *frustes,* les *Tasmaniens* et autres *Papous,* voire des *rameaux aberrants,* les *Pygmées.* Mais l'idéal réside dans les *rameaux tardifs* et *épanouis,* les *Blonds.* Heureusement, les *rameaux aberrants* finissent par *se détacher du tronc commun de l'espèce* : les *Pygmées* ne sont plus humains, ni même cerises. C'est comme les pédés. Ou les gauchers.

Leurs rameaux respectifs doivent-ils se raser les feuilles et la moustache ?

On fait bien de détacher les *rameaux aberrants* du *tronc commun de l'espèce* : les moustaches de type argentin sont contagieuses.

Ma cerise provient sans aucun doute possible d'un *rameau aberrant* ; sinon, pourquoi aurait-elle eu des branches moustachues ?

Enfin, selon la théorie montandonnienne de l'*ologenèse, les nègres seront toujours plus nègres, les Blancs plus Blancs,* les gauchers plus gauchers et les pédés plus pédés ; j'en déduis que les cerises devraient toujours être plus cerises : ma griotte aurait dû m'apporter une preuve indubitable de sa ceriseté. Car, pour permettre l'éclosion des *rameaux tardifs et épanouis,* il faut massacrer les fausses cerises. Car des Cerises vraies, des Hutu vrais, des Aryens vrais et d'autres vrais Serbes furent, sont et seront épanouis.

Ces vrais sont toujours les vrais plus vrais.

Foi de Carambar.

Je regarde la fausse griotte, silencieuse dans le box des accusés. Moi, dictateur de ma cuisine, je prononce le verdict :

– La mort totale.

Par sa mort, la griotte accomplira son destin.

J'exécute la sentence, immédiatement : je jette toutes les griottes corrompues dans le néant voluptueux de ma poubelle. Au passage, le couvercle rouillé d'une boîte de flageolets péteurs se dresse et les égorge froidement, en ricanant. Les griottes poussent un dernier cri, haineux :

– Facho... Ahrghgh...

Diffamation ? Ah, comme nous avons eu raison, moi et mes flageolets.

L'un des flageolets, d'un blanc maladif, surnage au fond de sa boîte. Il ne veut pas finir dans l'incinérateur : il demande grâce. N'a-t-il pas, à travers sa complicité d'assassinat légal, fait montre d'intégration et d'intégrité ? Ne mérite-t-il pas une *ca't de flageolité* ?

Et si c'était un faux flageolet ? Car les vrais flageolets sont verts, n'est-il pas ? Alors, pas de *ca't de flageolité.*

Je noue solidement la cordelette du sac poubelle, descends dans la cour de l'immeuble et jette ces ordures dans un grand conteneur vert.

Il ne faut pas croire. Je n'ai rien de personnel contre les griottes noires ou juives, ni même contre les flageolets blancs ou verts ; et quand bien même ils échangeraient leurs apparences, je leur manifesterais la même attention. Car parfois, oui, parfois, la griotte se travestit en flageolet. Et réciproquement. Et quand les dattes s'en mêlent, je ne vous dis pas.

En vérité, j'abhorre, j'abomine toute forme d'imperfection : je suis une romantique absolue. Comme nos *chères têtes blondes* j'aime beaucoup les dessins animés : je suis restée très enfant. J'ai adoré *Pocahontas,* de Walt Disney, l'histoire de cette Indienne bronzée amoureuse de John Smith, ce chasseur de Peaux-Rouges pédophile*. Comme il y avait beaucoup de chasseurs de Peaux-Rouges, un jour, Pocahontas, de son vrai nom Matoaka, fut kidnappée par un gentil colon et chargée sur un navire. Mais, comme les chasseurs-colons sont gentils, ils la libérèrent en échange d'une rançon et d'un mariage arrangé avec un gentil planteur blanc, John Rolfe. Ils la baptisèrent *Rebecca,* détruisirent son village et l'emmenèrent en Angleterre, où, avec une douzaine d'Indiens, elle exerça la profession de bête de foire. Quand elle est morte, elle avait vingt-deux ans. Un jour peut-être, Disney fera œuvre d'historien du judaïsme avec un dessin animé du même genre que *Pocahontas* : *Anne Frank,* l'histoire d'une Juive de couleur blanche amoureuse d'un nazi de couleur moustachue, Hitler. Il y aura beaucoup de gentils chasseurs de Peaux-Juives et un jour, Anne sera razziée et déportée dans un camp de concentration, où elle réfléchira beaucoup, en lisant *Pol Pot et Milosevic à Hutuland,* une bande dessinée rwandaise.

---

* À l'époque de leur rencontre, Pocahontas avait en réalité dix ou onze ans et John Smith, vingt-huit. (N.d.A.)

5

De la pilosité dans le règne préfectoral...

Les cerises liquidées, j'éprouve un besoin urgent de rangement : un foutoir sans nom a élu domicile fixe dans le salon de mon appartement. Je décide d'entamer une procédure d'expulsion de ce bordel clandestin : peluches malodorantes, divers textiles made in Taïwan, par les enfants esclaves. Il y a aussi un tee-shirt made in les ateliers de confection des esclaves asiatiques made in Paris.

J'allume la radio. Véronique Sanson chante qu'elle n'a besoin de personne. Moi, j'ai besoin d'un aspirateur. Je le déniche dans les toilettes ; ces mêmes toilettes qui planquent parfois un autre outil de rangement : le charter. Je noue mes cheveux, que j'ai d'ailleurs magnifiques. Je ne comprends pas que les étrangers qui ont de beaux cheveux soient expulsables ; mais dans le règne préfectoral, tout le monde se fout de la pilosité.

Une heure plus tard, j'ai bien avancé dans mon ménage : la maison de l'étranger ne pue plus ; j'ai juste oublié de jeter mes poubelles par la fenêtre. La porte sonne. Je l'ouvre sur une jeune Blanche vanillée, nez écrasé, cheveux roux crépus, bouche rose cerise, en forme de banane. Elle porte un épais dossier :

– Bonjour ! Hermenondine Dumas, inspectrice à la Caisse d'allocations familiales. Vous avez demandé une allocation ?

– Absolument. Mais entrez donc !

J'ai bien fait d'entamer ma procédure d'expulsion de foutoir : elle pourra noter mon fort degré d'intégration. Elle entre, se penche pour voir ce que dissimule le fond de mon couloir. Rien. Elle regarde autour d'elle, s'arrête un moment sur la vieille girafe de Marie, et pousse un soupir de soulagement : oui, je suis vraiment célibataire ; oui, Marie est vraiment ma fille de six ans.

Je lui offre un chaise bancale. Elle sort sa paperasse, me demande ma dernière facture d'électricité.

– Vous prendez bien un kir, mademoiselle Dumas.

Elle allume une Gauloises filtre. Je lui apporte son kir, l'accompagne d'une bière blonde et d'un Carambar. Elle me raconte sa biographie : son arrière-arrière-grand-mère s'appelait *Aimée Césette.* Elle exerça le métier d'*esclave mulâtresse* à Haïti, entre 1762, l'année de sa naissance, et 1806, l'année de sa mort. Elle avait un frère jumeau, Alexandre. Quand le père des jumeaux, un M. Davy de la Pailleterie métropolitain, voulut quitter Haïti pour rentrer en France, il vendit ses enfants mulâtres et leur mère négresse à un planteur blanc, pour payer ses frais de voyage. Quelques années plus tard, il racheta son fils, mais pas Aimée, et encore moins leur mère. Il donna son nom à Alexandre et le fit monter à la métropole où l'enfant affranchi devint général bonapartiste et père d'Alexandre Dumas, l'auteur du *Comte de Monte-Cristo* et des *Trois Mousquetaires.* C'est fou cette histoire, les fonctionnaires seraient-ils donc des mammifères comme les autres ?

Mademoiselle Dumas me glisse quelques conseils pécuniaires, m'avoue espérer que la CAF me donnera des sous. C'est fou.

Elle avale sa dernière gorgée de kir, prépare son

carnet, son stylo, et les déclarations que j'ai remplies à leurs guichets :

– Vous vous nommez Zara S… Sem… Andock ; vous êtes née le 25 décembre 1968 à Bruxelles, d'une mère suisse romande et d'un père fang gabonais ? Mais qu'est-ce que vous faites en France ?

6

De la laïcité dans le règne clérical...

Chère mademoiselle Alexandre Dumas, je suis enceinte de deux mois, quand, il y a sept ans, je débarque d'une pirogue creusée dans le bois d'okoumé, sur les bords de la Seine; comme Pocahontas, en son temps, débarqua sur les bords de la Tamise. J'ai vingt et un ans et j'entends bien me consacrer à l'ethnologie des peuples primitifs, inventorier leurs talismans. Je m'assigne donc un terrain, la Gaule. Oui. Je suis gaulologue; contrairement à Pocahontas, qui n'était pas anglologue.

L'accès à la Gaule, vous le savez, exige un long et pénible détour: l'escalade du mont préfectoral. Un temple se dresse sur son sommet, *centre des étudiants étrangers.* Mon premier dessein sera d'y pénétrer pour dérober un talisman appelé *ca't de séjou'.*

Ah, mademoiselle Alexandre Dumas, vous, comme moi, voyez cela d'ici:

La cat' de séjou', plus fort que la minute de silence dont on fit une symphonie, que l'Empire State Building filmé en continu pendant huit heures, que le pot doré de Beaubourg, et que les frigidaires superposés.

Avec la *cat' de séjou'* j'entends révolutionner l'art contemporain, inventer mon genre à moi, toute seule. Chère *ca't de séjou,* ton compte est bon: je saurai faire de toi une œuvre d'art, car la valeur de l'art, c'est le dollar. L'expédition terminée, je tirerai un bon prix de ta vente à un musée d'art moderne. À moi Beaubourg, le Guggenheim, le MOMA de New York et le MIKO de Kyoto ; si l'art ne veut de moi, un musée-cimetière te conservera, toi, l'objet mort, tel un vieil appendice dans un bocal plein de formol. Ou alors, le Muséum d'histoire naturelle t'empaillera. Tu seras très bien, entre les restes d'une girafe et le cadavre sans sépulture d'une vénus hottentote.

Mademoiselle Alexandre Dumas. Puis-je vous appeler Alexandre ? Comment ? Vous vous prénommez Hermenondine ? Personnellement, je préfère Alexandre. Bien. Aujourd'hui, je porte un sweat-shirt de synthétique bleu sur un jean déchiré ; mais il y a sept ans, je suis vêtue d'une minijupe en écorce battue et d'un corsage en pagne de raphia. Oui. Je ploie sous la lourde charge de mon *Moutete,* cette hotte de portage gabonaise que j'ai, depuis, remplacée par un Caddie albanais, à quatre roues.

C'est ainsi que j'arrive rue de la Grande-Truanderie, devant la porte du temple, *centre des étudiants étrangers.* Des explorateurs multicolores pénètrent la demeure sacrée un par un. D'autres sortent par une porte de service, la mine défaite : ils ont échoué aux épreuves, le talisman, *ca't de séjou',* est encore là. Je fouille *Moutete,* à la recherche d'un cadeau de bienvenue. J'y trouve un casque de cauri, un sachet de frites belges désydratées, un paquet de Ricola, le bonbon suisse aux plantes, et divers instruments utiles à l'expédition.

Comment ? Que font ces douceurs helvète et wallonne parmi cette parure nègre ? Et vous autres ? Que font ces haricots blancs et amérindiens comme du manioc dans votre cassoulet rose et gaulois ?

Syncrétisme originaire, Alexandre. Si. Pour être blanc, le plus blanc des Gaulois n'en est pas moins bâtard, pur ou impur. C'est malheureux, j'en conviens. Je peux te tutoyer ?

Moutete manque cruellement des objets usuellement recommandés aux explorateurs : nulle bouteille de whisky, nulle fausse perle, pas la plus petite verroterie. Tout explorateur digne de ce nom sait combien ces babioles sont indispensables avant toute tractation en terre citadogène. Moi, Zara la gaulologue, l'exploratrice du siècle, comment ai-je pu oublier ?

J'arrime *Moutete* sur mon dos et entre dans le temple. Il fait très chaud.

Un petit visage pâle à longs cheveux noirs, valeureusement armé, est posté dans l'entrée. Il parle *français,* un créole extrêmement vivace. Je pratique cet idiome couramment : il était en option dans mon cursus scolaire. J'ai aussi suivi un cours intitulé : *la Gaule, presqu'île des Antilles,* où j'ai appris que les ancêtres des Gaulois étaient des Amérindiens appelés *Caraïbes.*

– Votre panier, mademoiselle.

Le Peau-Blanc ouvre *Moutete.* Il en sort un buste miniature, en plâtre, du roi belge Léopold Ier, et un bâton de manioc d'origine amérindienne emballé dans des feuilles de bananier africain. Il les inspecte tour à tour avec un air d'étonnement mêlé de curiosité. Je remarque son beau costume d'apparat, bleu ciel ; son prénom est écrit sur les quatre poches du vêtement : *Police.*

Mais si, Alexandre, puisque je te le dis. Contente-toi de t'abreuver à ma source, l'Omniscience.

Police est très enrobé, ventripotent comme un gardien de harem.

– Cher Police, gardien du temple sacré, es-tu Eunuque ? Qui est ton maître ? Un Sultan gaulois ?

– Ça s'appelle le ministre de l'Intérieur, mademoiselle ! Descendez dans la salle des guichets. Hop !

Un escalier me mène à une grande pièce carrée, bordée par douze *guichets,* les douze autels sacrificiels ; un pour chaque divinité gauloise, j'imagine. Ils sont abrités par des parois blanches translucides, derrière lesquelles on devine des ombres, à forme possiblement humaine ; possiblement. Je transpire de peur. Heureusement, ma sœur Ninon, citadogène de son état, m'héberge depuis mon arrivée dans cette tribu gauloise. Elle vit parmi les autochtones de ton espèce depuis quinze années. Elle m'a expliqué la coutume.

L'ascension du mont préfectoral est un rite purificateur ; il rend la présence immigrée métaphysiquement acceptable aux yeux des représentants gaulois. Il permet de passer du statut de *sans-papiers* au statut intermédiaire d'*ex-sans-papiers,* et enfin, au statut plus ou moins définitif de *futur-sans-papiers.*

Le rite de l'ascension du mont préfectoral a lieu une fois l'an. Dans le temple sacré, on rencontre une prêtresse, et on lui offre une pâte séchée de fibres végétales broyées, *papier,* symbole animiste chez les Gaulois. *Papier* est parfois recouvert d'*écriture,* une forme primitive de langage. Les Gaulois auraient hérité cette *écriture* d'anciens colons, l'ayant eux-mêmes héritée d'anciens encore plus anciens que les anciens. L'*écriture* est le croupion de la parole ; le verbe de la parole précède toujours le cul de l'*écriture.* Mais cet anus a pris le pouvoir en coupant la parole à la bouche. L'écriture se nourrit désormais de parole mais ne parle plus : sa bouche est trop pleine ;

elle n'est plus qu'un orifice rectal distendu, un anus boulimique.

En échange du *papier,* l'officiante donne le talisman, *ca't de séjou'*. Il protège de mille oiseaux volants, *charters,* qui boutent les explorateurs hors de la tribu, dans le plus grand secret. *Cat' de séjou'* protège aussi d'esprits vengeurs et innombrables, nommés *Police,* comme l'Eunuque aux cheveux longs.

J'entends une clameur, des voix féminines monter derrière les parois translucides. Les prêtresses ? Je m'assieds, espère un accueil. Mais personne ne vient. L'Eunuque m'ordonne :

– Mademoiselle, prenez un ticket et attendez votre numéro.

Je me lève, suis la direction indiquée par l'Eunuque. Je traverse la pièce, aperçois la porte du panthéon aux douze dieux. Elle est close. Je longe les autels qui bordent la pièce et encerclent les sièges où sont assis cent vingt explorateurs. Les douze prêtresses (dont deux hommes-prêtresses) sont muets ; ils communiquent par signes. Leur a-t-on coupé la langue pour les contraindre au secret ? Quel secret ? Celui du grand Sultan gaulois, le ministre de l'Intérieur ? C'est intolérable. M'enfuir ? La porte du temple est fermée. Épouvantée, je prends un ticket et retourne m'asseoir. Des gouttes de sueur perlent sur mon front : le temple enferme et attise la chaleur estivale du mois d'août. Pourtant, un long frisson glacé court dans mon dos... Je pose *Moutete* à terre ; j'en retire une feuille de palmier nain, pour m'éventer.

Mais je vois que tu as fini ton kir, Alexandre. Un petit mojito à présent ? Sers-toi je t'en prie, et referme le frigo correctement.

Le temple regorge de monde: alignement de cent vingt derrières plus ou moins rebondis, dont cinquante sont posés sur autant de chaises verdâtres, suspectes, inconfortables. Les autres postérieurs sont assis à même le carrelage beige, par terre. Deux ou trois heures passent. L'attente est longue. Incommodée par la dureté de ma chaise, j'adresse cette requête à l'Eunuque aux cheveux longs:

– Tu n'aurais pas un tabouret en parasolier?

La sentinelle me regarde mais ne me répond pas.

Des explorateurs lisent dans des ouvrages qui semblent contenir toutes les clés du panthéon aux douze divinités. D'autres, comme moi, se rongent les ongles des mains, les ongles des pieds. Soudain, un immense panneau noir affiche le numéro inscrit sur mon *ticket.*

– C'est à vous, dit l'Eunuque. Avancez jusqu'au guichet de droite.

Une prêtresse m'invite à prendre place. Elle n'est pas monstrueuse, mais quand même, une autochtone, vue d'aussi près... Du milieu de sa figure chocolat au lait se détache un nez si long, à l'arête si droite, et aux ailes si étroites qu'il ressemble à une arme blanche fraîchement aiguisée. Je me prosterne à ses pieds, baise son orteil droit, y passe un anneau d'argent forgé par mes ancêtres, sur les rivages du lac bleu de Mouila. Interdite, l'Antillaise chocolatée me dévisage de ses grands yeux noirs, admirablement fendus:

– Saloperie d'étrangers... Pourquoi qu'y r'tournent pas tous en Yougoslavie...

Appartient-elle à un ordre gaulois supérieur? Y a-t-il un conflit ethnique entre la Gaule et d'autres tribus? Y a-t-il une guerre clanique entre les Gaulois, les

Helvètes et les Fang ? Et les Wallons dans tout ça ? Devant la prêtresse préfectorale, je suis muette : je sens bien qu'elle est sourde. Je cherche du secours ; mais les autres explorateurs sont occupés à bafouiller devant les autres autels.

Un explorateur blanc comme une biscotte grillée joue au petit colon : il regarde de haut, exhibe ses dents jaunes dans un sourire narquois. Son prêtre noir comme une biscotte grillée est agacé : il le remet à sa place. L'aventurier part, la tête haute, et le front vengeur.

Un autre explorateur, noir comme une griotte, repart satisfait. Il sort d'une file appelée *CEE.* C'est un Belge de la tribu wallonne.

A-t-il gagné le talisman ? Bon sang. Y aurait-il plusieurs *ca't de séjou'* ? Mais alors leur valeur marchande est considérablement réduite ! Comment révolutionner l'art contemporain quand on n'est plus seul dans sa spécialité ?

Quoi Alexandre ? À la CAF vous avez la sécurité de l'emploi ?

Dépitée, contaminée par les losers, je déclare forfait. Je suis abattue, perdue, défaite. Assise devant ma prêtresse mythique, je me liquéfie. C'est la fin mes amis, je le crains. La Chabine me demande mon *passeport.* Je lui tends un cerf-volant en paille de sécot, pour ses enfants ; mais elle vient, me confie-t-elle, de faire une fausse couche. Je lui explique que je suis une magicienne redoutée de l'ordre des potières fang, que je fus initiée à la forge chez les Wallons, et à la bicyclette chez les Helvètes. Elle redemande mon *passeport.* Je lui offre une poupée en bois de jam pâtinée à la cire d'abeille, pour sa vénérable grand-mère. Elle la jette à terre, exige le *passeport.* Je lui propose une *ca't d'identité* helvète ; elle n'en veut pas : *passeport.*

Mais de *passeport,* je n'en ai pas.

La *ca't de séjou',* elle ne me la donnera jamais.

Elle a le pouvoir, elle fait sa loi.

7

De la gaulité dans le règne primal...

Alexandre... Pourquoi cette frayeur dans tes yeux ? Ne me regarde pas ainsi et ne me crains point ; je suis une indigène savante doublée d'une ethnologue candide.

En ces temps immémoriaux, ma chère Alexandre, je vis comme les citadogènes. Je participe à leur quotidienneté, malgré les nausées de la grossesse. À ce propos, il me reste une boîte de suppositoires contre les vomissements. Tu n'en veux pas ? Soit.

J'observe ton peuple sans interférer, car un observateur civilisé est invisible à l'œil nu des indigènes, et à l'œil habillé des citadogènes.

Un matin, je me trouve assise sur le petit banc vert d'un pont gaulois, rue de Noisy-le-Sec. *Moutete,* ma fidèle hotte de portage gabonaise, est couchée à mes pieds. Je médite les rites et croyances de ton peuple, Alexandre. Bien sûr, il ne s'agit pas de dire ce que je pense des Gaulois, mais ce que vous pensez de vous-mêmes. Telle est la grande mission de l'ethnologie. Pour cette raison, Alexandre, tu n'auras pas la parole.

Tu le sais, au commencement du temps, il y a sept ans, j'habite chez ma sœur Ninon, dans ton village, *Île de France. Île de France* est très semblable aux villages argonautes des *Îles Trobriand,* situées au large de l'Australie. Elle se divise en deux anneaux : *Paris,* anneau central et sacré, centre de la vie civile, et

Banlieue, anneau périphérique et profane, lieu de la vie sauvage.

Je suis assise sur mon banc, caressant mon fidèle *Moutete,* quand un homme albinos, grand et maigre, vient se coucher à côté de moi. Son visage est couvert d'acné, bien qu'il paraisse avoir plus de quarante ans. Il porte une bouteille en verre dans la main droite :

– Je m'appelle Albin, Michel, Théophile ; je suis clochard d'origine laïque, républicaine, et homosexuelle.

– Zara, future gaulologue au Collège de Papouasie. J'étudie les mœurs de ton peuple. J'ai ouï dire que les jeunes sauvages de *Banlieue* appartenaient à des ethnies païennes. Dis-m'en plus.

– À condition que tu me vouvoies.

Je hoche la tête.

– Les Jeunes, dit-il d'une voix pleine de sollicitude, ne sont pas des païens ; l'enfant, comme le sauvage, est idiot, certes. Mais il peut quitter la barbarie en s'initiant à l'âge d'homme, dans une maison de correction.

– Ces initiations comportent des rites de circoncision ? Ou d'excision ? Ou de corsetage ?

Théophile se redresse, et s'assied bien droit sur le banc :

– Circoncir ? Corseter ? Jamais ! La république est une et indivisible : toi et moi sommes confondus, mais faudrait quand même pas nous confondre. C'est écrit.

– On dit que la Gaule est une confédération semi-sédentaire de clans. Qu'en pensez-vous, cher informateur ?

– Tu blasphèmes. Serais-tu d'origine immigrée ?

– Je suis indigène, cher citadogène.

– Je vois… Sais-tu que, grâce à la naturalisation, tu

peux, comme nous autres Gaulois d'origine originelle, quitter l'histoire des migrations pour pénétrer le mythe de la souche ? La naturalisation, le droit du sol, permet l'acclimatation durable de toute espèce importée en terre gauloise, même les espèces inférieures d'origine immigrée. Assimile-toi à nous, chère enfant : élève-toi à notre rang.

– Naturalisation ? L'État de Nature ? La primauté du sang fait donc partie des mythes de souche gaulois ?

– Tu n'as pas compris, je parle du droit du sol, du terreau, de la souche.

– Vous parlez d'horticulture ? De rameaux montandonniens ?

– Comment ? Je ne comprends pas. Enracine-toi simplement dans la race gauloise mon enfant, car la Race et la Raison ont la même racine, *Ratio.* Le racisme est rationnel et cartésien, la Raison et la Race dirigent le monde ; ils sont le moteur de l'Histoire universelle.

– Excusez-moi. Je vomis et je reviens.

Je m'exprime derrière le banc et reviens à Théophile :

– Je suis grosse de trois mois, maudites nausées primipares... J'en sais assez de l'horticulture gauloise. Racontez-moi le culte des ancêtres. J'ai entendu parler d'un général mythique appelé *de Gaulle.*

– Mythique ? Ce n'est pas un héros légendaire, il a vraiment existé.

– Alors il est historique ?

– Absolument.

Bien entendu, Théophile se fourvoie. Cependant Alexandre, sache qu'un bon ethnologue ne contrarie jamais un informateur ; il garde simplement à l'esprit la distance entre l'idéal de la morale tribale et les faits de la vie réelle, qu'il révèle au monde évolué, ébloui.

Théophile pointe son index vers le ciel, et déclare solennellement :

– N'est héros divinisé que celui qui a donné son nom à une rue ou à un cimetière et surtout… surtout… à une station de métro.

Héros divinisé… Comme chez les Indiens *Bororo* ?

L'albinos boit au goulot de sa bouteille.

– Une rasade de vin rouge ?

Refuser le cadeau d'un citadogène serait l'offenser. Je bois donc une grande *rasade de vin rouge.* J'ouvre *Moutete,* en sort une lyre à six cordes en boyaux de moutons, et l'offre à Théophile. Il refuse, et me tend un ouvrage, *Plan de métro,* avant d'ôter ses souliers :

– Bonne sieste.

– Mais… donnez-moi le nom du héros divinisé !

Il s'allonge sur le banc, et s'endort, la main droite serrée sur sa grande bouteille.

Je feuillette le livre, *Plan de métro.* J'apprends que *Paris* est divisé en arrondissements et coupé en deux blocs, Est-Ouest. Comme chez les Trobriandais, le bloc *ouest* est sans doute réservé au clan des chefs et des puissants, et le bloc *est,* aux gens du commun. Comme chez les Indiens *Bororo,* chaque bloc a certainement son héros divinisé, dont la fonction symbolique est de protéger le village.

Théophile dort toujours. Il ronfle même. Je dérobe, à son insu, quelques *rasades de vin rouge.*

Je découvre, grâce à *Plan de métro,* deux gardiens de l'Est parisien : deux missionnaires, *Père Lachaise, Père Chaillet.* Sont-ils chargés de la civilisation des sauvages estiens ?

La cosmogonie du *plan de métro* est si confuse… si destructurée…

Théophile étire ses membres et bâille à pleine gueule. Il se frotte les yeux, et, péniblement, se redresse sur notre banc :

– Tu es encore là ?

– Je souhaiterais rencontrer le père Lachaise. Conduisez-moi.

Il boit une *rasade de vin rouge,* s'essuie la bouche du revers de sa main, et me tend la bouteille. Je bois et précise ma question :

– Je voudrais connaître les moyens qu'emploie le père Lachaise pour civiliser les Parisiens de l'Est. La douceur ? La contrainte ?

– Contraindre ! Ah ! Mais attention ! La Gaule est une démocratie.

Théophile relace ses souliers, se désaltère longtemps, puis rote de satisfaction. Ému, la langue pâteuse et l'haleine empestée, il me confie :

– Chère enfant… Mon p… peuple ne peut être cont… contraint par qui que ce soit. Car… il exerce sa toute-puissance à travers un échantillon représentatif de lui-même : les élites.

Il rote, et reprend :

– Le principe démocratique exige que… les élites soient égales au p… peuple, bien que supérieures à lui. (Théophile hoquette.) La… La démocratie française… C'est LE modèle universel, exem… exemplaire. Ça va de pair avec l'… l'État-Nation, forme la… la plus évoluée d'agglutinement social.

À ces mots, une jeune Indienne en tunique beige, alliage de Kate Moss et de Naomi Campbell, vient s'asseoir sur le banc :

– Bonjour ! Je m'appelle Pocahontas. J'ai entendu votre discussion. Mais attention, la démocratie multicolore la plus puissante est américaine : mes valeureux ancêtres se sacrifièrent pour lui permettre de figurer en bonne place dans le classement des démocraties génocidaires. Car le génocide est un principe démocratique fondamental.

– Comment ! l'interrompt Théophile. La Gaule est bien su... supérieure à l'Amérique. Notre p... peuple est chargé d'His... toire.

– Poivrot ! Fi donc ! rétorque Pocahontas. Chacun sait que la Gaule n'est entrée dans l'Histoire que le jour où de braves marins américains la découvrirent, en juin 1944. Ton obstination à prétendre qu'il y eut, en Gaule, une histoire précoloniale n'est que le symptôme de ton aliénation intellectuelle : tu souffres du complexe du colonisé mon garçon.

Théophile se lève, et, fou de rage, crache à la figure de Pocahontas :

– Vous n'êtes... vous n'êtes qu'un... co... un colon.

Théophile s'en va, titubant. Pocahontas le regarde s'éloigner :

– L'alcool est le poison des races gauloises... Aucun Gaulois ne sait résister à la piquette. Pour en revenir aux démocraties génocidaires, aujourd'hui, le meurtre de la lie sociale est exigé par la Constitution de mon peuple. L'homicide s'effectue par injection ou électrocution : c'est propre, comme dans les chambres à gaz. Il n'y a pas ou peu de sang, même si ça sent un peu le cochon grillé.

– C'est donc cela la démocratie ?

– Le degré de démocratisation est proportionnel au degré d'asepsie dans le meurtre, d'anesthésie dans l'opinion, et de systématisation dans l'assassinat. Les démocraties s'investissent principalement dans les guerres propres ; elles pratiquent avant tout la *frappe chirurgicale,* une simulation réelle sur écran vidéo.

Elle regarde à son poignet et se lève brusquement :

– Mon séminaire sur les méthodes d'insensibilisation de l'opinion ! Je suis en retard ! Excusez-moi… Au revoir !

Le soleil se couche. Je quitte mon banc avec mon fidèle *Moutete* et me dégourdis les jambes sur le pont. En bas, je remarque une immense route. Comme les liserés de bananiers, qui, chez les peuples évolués, séparent la brousse du village, ce grand chemin sépare *Paris* de *Banlieue.* Mais, alors que les liserés de bananiers sont habités par mille petits macaques à poils blonds et yeux verts, cette route est la demeure de toutes sortes de fétiches roulants et colorés : ronds, ovales, carrés, rectangulaires, ils sont bleus, blancs, rouges et même noirs. Leurs yeux sont jaunes. Sont-ce des lutins ? Des génies de la forêt ? Je me renseigne auprès d'un Arabe hispanophone : cette ligne de démarcation se nomme *Périphérique.* Elle incarne très certainement un ancêtre protégeant *Paris* de *Banlieue.*

Un bel homme blanc sable, cheveux brun boisé, dégageant une odeur de café mêlée de cigare, s'approche de moi. Il porte un pantalon et une chemise de toile blanche. Il se présente :

– Je m'appelle Georges, mais tu peux m'appeler Gérard. Je suis à moitié charentais et à moitié transylvannien.

Le pauvre. Je réprime une larme de compassion, et décide de le sauver : je me penche vers une flaque d'eau et recueille quelques gouttes du précieux liquide dans le creux de ma main. Solennellement, je fais ruisseler le jus sacré sur sa nuque.

– Je te baptise Watara. Ce sera ton seul prénom désormais.

Watara me propose de le suivre. Nous traversons le pont et arrivons devant une longue rangée de génies immobiles, au bord de la route. Leurs yeux sont clos, ils ne respirent pas : un cimetière citadogène ? Watara entame un rite funéraire : il soulève le bras droit d'un des cadavres et m'invite à pénétrer dans son ventre en disant :

– Dans les voitures, on peut faire plein de choses...

Il me pousse à l'intérieur et entre à son tour dans la voiture. L'œil lubrique, il me dit :

– Je t'emmène à Deauville.

Hésitante, je ne puis pourtant résister à cette occasion de visiter *Banlieue.* C'est alors que, les mains posées sur une sorte d'intestin circulaire qu'il appelle *volant,* Watara éclate d'un rire strident et prononce une formule magique : *lève-toi et roule.* Tout à coup, la voiture s'anime. Elle est ressuscitée...

– Je mets la radio ? me demande-t-il.

– Radio ?

Watara appuie sur un bouton et la voiture prend la parole.

– Je serais enchanté d'être présenté à ta bouche, dit Watara.

Il défait la ceinture de son pantalon. La voiture pète, avance péniblement. Il se désole :

– C'est une vieille voiture, on aurait mieux fait d'aller à Deauville en train, mais aujourd'hui, c'est la grève des transports. Et les routiers qui menacent d'arrêter le travail ! Approche-toi de mon pantalon pour qu'enfin ta bouche et moi soyons présentés.

Je tâte de la main, jette un œil dans sa culotte grise. Pour l'heure, le rite de la *grève* me paraît plus intéressant que ce rite de présentation ; l'exploration de la vie sexuelle des sauvages du Nord-Ouest parisien sera l'objet d'une étude ultérieure. Je lui demande donc de me raconter la *grève.* Il glisse sa main droite dans son slip, et raconte :

– Il y a les Fonctionnaires, et les Routiers.

À ces mots, il ferme les yeux, se concentre sur le mouvement de sa main à l'intérieur de sa culotte. Il se tourne vers moi et continue :

– Ils sont surpuissants : ils sont syndiqués, les salauds !

Il ferme à nouveau les yeux, se mordille les lèvres, éprouve quelques difficultés respiratoires.

Non Alexandre, je n'ai pas appelé le docteur. À quoi bon ? Si seulement tu me laissais finir !

Un rictus douloureux s'imprime sur le visage de Watara. Il m'ordonne :

– Suce-moi.

– Watara… je respecte ton point de vue du citadogène, mais ta position est difficile à soutenir.

– Suce-moi… j'arrive…

– Non Watara. Tu n'arriveras nulle part : les Routiers, les Fonctionnaires… Aucun ethnologue papou n'a formellement établi l'existence de ces deux peuples. Tes affirmations sont très discu…

– Cul… Cul… Salope… Pute.

Watara, les yeux sortis de leurs orbites, le corps saisi de spasmes, mouille son pantalon. Il soupire de soulagement et reprend son souffle :

– Tu n'aurais pas un Kleenex ?
– Comment ?
– C'est pas grave va ; ça séchera tout seul.

Watara soutient que ces deux peuples guerriers et assoiffés de sang déclarent régulièrement la *grève* aux Gaulois. Les Gaulois riposteraient en se ruant sur la canne à sucre :

– Mais si. Les supermarchés sont pris d'assaut : farine, pâtes, sucre. Les gens ont peur que les Routiers n'approvisionnent plus les supermarchés en sucre.

– *Supermarchés* ? C'est sur des champs antillais que l'on cultive la canne à sucre. Les champs *supermarchés,* je n'y crois pas. La ruée vers le sucre dont tu parles n'est qu'un vulgaire mythe, pareil à la ruée vers l'ail en Transylvanie : vous autres barbares inférieurs croyez que, comme l'ail, le sucre protège des assauts du vampire.

Watara poursuit néanmoins : après la ruée vers le sucre, surviendrait une attaque éclair (*Blitzkrieg*), à l'issue de laquelle les agresseurs, les Routiers et les Fonctionnaires, s'adonneraient au cannibalisme et au vampirisme :

– Ah, ils nous bouffent la vie ! Je perds mon sang-froid pendant la grève...

– Watara. Seuls les peuples supérieurs, c'est-à-dire les Fang, les Helvètes et les Wallons, pratiquent l'art du cannibalisme ; je te l'enseignerai quand tu en seras digne. Et, s'agissant de vampirisme, tu dois comprendre que cela n'existe pas ; pas plus que les *Fonctionnaires* et les *Routiers.* C'est une infâme croyance ancestrale.

Watara soupire :

– En tout cas, dans la masturbation, le plaisir de la main est supérieur au plaisir de la queue.

La voiture émet encore une série de pets, puis s'arrête dans un bois. Watara peste, referme son pantalon, et sort du ventre du génie, décédé pour de bon.

– Je vais chercher des secours, attends-moi… attends-moi…

Il s'en va, me laisse seule avec le cadavre.

Je l'attends, mais il ne revient pas.

Je m'éloigne, maudissant ce chasseur sauvage de canne à sucre qui croit encore aux vampires.

Ah. Que les hommes diffèrent de par le monde. Mais moi, indigène éclairée par le Siècle des Lumières et par Pocahontas, tu comprendras, Alexandre Dumas, que je n'aspire à l'époque qu'à leur communiquer les lueurs de la colonisation. Sortir les barbares des ténèbres. Changer ces brutes en hommes romantiques.

Mais comment favoriser cette entreprise sans *ca't de séjou'* ? Car la *ca't de séjou'* devait faciliter l'entreprise d'indigénisation de ce peuple citadogène : elle est le signe de mon intégration et de mon intégrité.

Mais la *ca't de séjou'* m'a été refusée.

Comment mettre en œuvre ma vocation civilisatrice ?

8

De la crottité dans le règne fécal…

Peu de temps après que Watara m'a abandonnée, un gentil génie m'a trouvée, sur la route. Il abritait un bel homme noir jais, châtain foncé, sentant la pêche et la noix de muscade. Le Noir s'appelait Watara, mais je l'ai baptisé Georges. Georges a bien voulu, après que je me fus soumise à divers rites sexuels (présentation orale, vaginale, puis anale), me ramener chez Ninon. Il m'a aussi révélé le moyen d'œuvrer au service des citadogènes: *la ca't du Gymnasium.* La *ca't du Gymnasium* se trouve dans la grotte du même nom où, ponctuellement, culte est rendu au dieu *Gymnasium, qui créa la forme.* La grotte *Gymnasium* est creusée dans le flanc d'une montagne appelée *le sommet de la forme,* versant adret. Son altitude est à peu près identique à celle du mont préfectoral. Pour atteindre le sommet de la forme, on escalade le *Métropolitain.*

Je m'engage avec Ninon sur un pont traversant la *Seine.* La *Seine* est un fleuve – j'ai d'abord cru, Alexandre, que c'était un marigot – où naviguent d'immenses galères; de pauvres hères y sont assis en rangs serrés sur des petits sièges de plastique safrané. Une voix despotique émane d'un haut-parleur, et les commande; suivant ses instructions, ils tournent la tête, à droite, à gauche, à droite, à gauche, pour propulser le bateau: les Gaulois ignorent la pagaie. Alexandre… on sait combien les races gauloises sont paresseuses;

manger, boire, dormir, regarder la télévision, c'est là leur unique occupation. Il est juste qu'elles soient réduites en esclavage par les mariniers ; sinon, comment avanceraient les galères ? Qui cultiverait la canne à sucre antillaise ?

La faim me tenaille. Ninon m'a déconseillé d'ingérer les aliments des citadogènes : leurs vaches et leurs poulets sont fous, ou grippés, leurs épis de maïs sont mutants. Et si je mourrais de faim ? M'enterreraient-ils, me livreraient-ils aux vers, plutôt que de me manger ? Car, vous autres Gaulois ignorez les règles de l'art cannibale. Certes, vous abandonnez peu à peu votre barbarisme funéraire : vous n'ensevelissez plus vos morts, vous les cuisez. Mais vous les calcinez. De sorte qu'il ne reste qu'une poudre grise, et vos morts sont immangeables.

Dans l'antre du *Gymnasium,* m'explique Ninon, on rencontre un troglodyte, nommé *animateur souriant.* Il prononce un vœu incantatoire : « Bonjour ! Bienvenue au Gymnasium ! » Il faut répondre par une formule magique : « Ragneuh-gneuh. » Ensuite, on prend la grotte. Car en réalité, elle est une forteresse dissimulant des guerriers musclés appelés *body-builders,* pratiquant l'autoflagellation et le jeûne ; or, il faut bannir tous les rites douloureux : ce ne sont que des sévices cruels.

La *ca't du Gymnasium* est un signe d'intégration : comme la *ca't de séjou',* elle prouve qu'on a le nombre de millimètres qu'il faut ; mais, alors qu'avec la *ca't de séjou',* il faut avoir les bons millimètres immédiatement, avec la *cat' du Gymnasium,* on a un délai. Car le dieu *Gymnasium* est miséricordieux ; on le surnomme le dieu *de la deuxième chance :* si on a de la bonne volonté, on peut encore être sauvé. À terme, on sera reconnu sain de corps et d'esprit car le corps est sain dans l'esprit sain, amen.

Moi, j'ai les millimètres qu'il faut. Grâce à la *ca't du Gymnasium* et à la *ca't de séjou',* je pourrai enfin accomplir le grand œuvre : sauver les body-builders et indigéniser les citadogènes.

Mais le signe absolument absolu d'intégration intégralement totale à la tribu est la *ca't d'identité gauloise.* Mathématiquement, c'est une somme : *ca't d'identité = ca't de séjou' + ca't du Gymnasium.* La *ca't d'identité gauloise* est originaire d'un village fasciste appelé *Vichy.* Née le 27 octobre 1940, de mère inconnue et de père Pétain, elle permettait de repérer des barbares qui avaient pour signe particulier d'être *juifs.* Pétain, l'heureux papa de *ca't d'identité gauloise,* s'était inspiré d'un autre bébé gaulois, né en 1917 : la *ca't d'identité pou' ét'angers* destinée à la surveillance des barbares indignes de la République qui, depuis le 2 octobre 1888, étaient obligés de déclarer leur identité en se soumettant à des examens anthropométriques, le *bertillonnage* : forme du nez, du front, des oreilles ; couleur des yeux, de la peau, des cheveux ; nature des poils, des rides, des paupières ; contour général de la tête, taille du crâne et autres stigmates physiques. Aujourd'hui, l'OMI ne procède plus à un examen *anthropométrique,* mais à un examen *sanitaire* : même si vous avez une épaule plus basse que l'autre, elle ne peut pas vous refouler.

Nous arrivons devant le dieu *Métropolitain.* Ninon me donne un petit papier bleu et cartonné, *Ticket.* Ce papier diffère du *Ticket* que j'ai tiré il y a quelques jours, dans le distributeur du *centre des étudiants étran-*

gers. Ah, comme il est ample, vaste et large le champ sémantique du mot *papier*. Ah, comme ses fonctions rituelles sont riches et diversifiées.

Je descends les marches derrière Ninon. J'aperçois un Gaulois à peau de zèbre (le noir et le blanc ne se mélangent pas). Le Mulâtre urine contre un mur lézardé ; Ninon avait omis de me parler de ce rite. Je la regarde, mais n'ose lui demander si je dois aussi m'accroupir et uriner ; elle passe son chemin. J'en déduis qu'il ne faut pas faire pipi par terre. Peut-être est-ce un acte purificateur réservé aux mâles ? Des rigoles semblent prévues pour que le jus recueilli s'écoule dans les gorges de la divinité.

Je cherche une bouche à nourrir de *Ticket*. Mais rien : les couloirs monotones se succèdent. Vois-tu, Alexandre, alors que la savane libère l'œil et émancipe le geste, les couloirs du métro égarent et entravent la mobilité. On s'y perd.

Nous croisons une crotte. Dur métier que celui de gaulologue citadophile : il faudrait tirer de ces excréments des informations précieuses et signifiantes. Dois-je, devant Ninon, m'accroupir et tâter ? Serait-ce profanatoire ? Je ne m'y risquerai pas. La crotte est molle, luisante, encore chaude, odorante. Les selles contiennent quatre grains de maïs et trois petits pois. Pourquoi avoir ainsi déféqué ? Signe de crottité dans un règne fécal ? L'acte symbolique pour rappeler la terre ensevelie sous *Béton*. Oui, le ventre, les intestins de la terre, qui, autrefois, vit germer des légumineuses. La tribu gauloise est mélancolique et pastorale.

Les toilettes sont au fond du couloir, Alexandre. Dépêche-toi et reviens. As-tu tiré la chasse ? Ah. Je n'ai rien entendu. Laisse-moi vérifier. T'es-tu lavé les mains ? Non ? Eh bien va, je t'attends.

Continuons. Ninon a l'air grave. Elle a l'air de l'homme du métro, marchant silencieusement, tête baissée. Car, comme l'homme de la forêt, l'homme du métro est triste et morose. Sous la terre, son âme s'obscurcit et devient noire, comme la peau de l'homme de la forêt équatoriale : l'homme du métro, comme le Pygmée, est trop pigmenté ; la blancheur citadine, la clarté urbaine, les lumières de la ville, l'albinisme de la civilisation lui manquent douloureusement.

Nous arrivons devant un totem, de grosses portes en acier protégées par des moulinets en fer. Je glisse *Ticket* dans la fente ; Totem, rassasié, laisse la porte s'ouvrir en soufflant violemment.

Bon sang. Mais c'est bien sûr… Le zèbre gaulois urinant dans le couloir, la crotte fécondante, Béton ensemencé : *Métropolitain* est dieu de fécondité, ami des femmes enceintes et de leurs nausées.

Nous arrivons devant le Gymnasium, et pénétrons dans la grotte dont les murs sont joliment recouverts d'une peinture rupestre : *Et Gymnasium créa la forme.* Ninon s'approche d'un troglodyte, *animateur souriant,* à peau de girafe (le blanc et le jaune ne se mélangent pas). L'Eurasien prononce l'incantation : « Bonjour ! Bienvenue au Gymnasium ! » Je récite la formule magique : « Ragneuh-gneuh. » Il ne sourit plus. Ninon me jette un regard réprobateur ; elle sort un papier de sa poche, *chèque.* L'*animateur souriant,* sans doute affamé par un jeûne éprouvant, le lui arrache des mains puis sort la *ca't du Gymnasium* d'un tiroir, et la tend à Ninon. Elle me recommande de la ranger dans mon sac. Je prends le précieux talisman, ferme les yeux et dépose un baiser humide à la surface du fétiche. J'ouvre les yeux et reconnais, dans le coin de la carte, mon visage… Ah, malédiction. Le talisman a volé mon âme quand je l'embrassais.

Je supplie l'*animateur souriant* de me restituer mon esprit en lui jurant que jamais plus je ne profanerai quoi que ce soit, ni *Gymnasium*, ni *Identité*, ni rien du tout. Je lui propose un fusil en tige de mil, pour ses enfants. Il éclate d'un rire strident et cynique. Ninon me prend par le bras, et m'entraîne dehors, furieuse.

J'ai conclu un contrat avec le diable, grimé en troglodyte souriant à peau de girafe. Je tressaille. Mais… je dois continuer sur la voie de la cartographie. J'ai la *ca't du Gymnasium* ; il me faut subtiliser une *ca't de séjou',* et additionner ces deux *ca't* pour obtenir une *ca't d'identité vichyste.*

Le téléphone sonne. Qu'est-ce que je fais par terre ?

– C'est Hermenondine Dumas à l'appareil. Vous allez mieux ?

– Alexandre ? Mais je vais très bien, merci. Mais que fais-tu au bout du fil ? Reviens immédiatement !

– Écoutez… Arrêtez un peu… Je m'appelle Hermenondine… Vous… vous avez eu un malaise, mademoiselle. J'ai dû vous abandonner il y a une petite heure ; j'avais… un rendez-vous urgent. Hum. Mais j'ai appelé le SAMU. Ils sont venus alors ? Je repasserai si vous voulez… Vous avez besoin d'aide ? Je veux vous aider vous savez… Je PEUX vous aider… vous comprenez ?

– Quoi ! Toi m'as pas écoutée ! Pauvre Bwana… Pauvre Bwana vraiment… Mais je m'en fous… Je n'ai plus besoin de toi, ni de tes allocations, ni de ta *ca't de séjou'*, car sache que je prépare, dans mon laboratoire cyto-génétique, l'avènement de la *ca't d'identité ch'omosomique.* Vous les citadogènes l'ignorez encore, mais le vrai référent identitaire n'est ni la musique gréco-albinos, ni la mythologie negro spiritual. Ah ! Ah ! C'est la combinaison de quarante-six chromosomes ! Et surtout les gènes qui y sont inscrits ou qu'on peut y inscrire. J'activerai, en temps voulu, tous gènes utiles… Compris ?

Elle me raccroche au nez. Salope.

9

De l'identité dans le règne hivernal…

Mais de ces innombrables races de *ca't,* laquelle est la *ca't o'iginelle* ? Le premier rameau horticulturel ? En fait, cette *ca't* se cache sous son anagramme : l'*act'*, l'*act' de naissance,* qui confirme et prouve la *nativité*. L'*act'* est une *ca't* déguisée en *ac't* pour faire sa snob. Mais toute cette racaille, c'est la même race.

La *naissance* est un événement auquel est associé le dieu *Mélancolie*. Vous lui êtes redevable, du simple fait d'être né. L'*act' de naissance* permet d'inscrire, de porter en compte, la dette que vous avez vis-à-vis du dieu *Mélancolie.* Expirez, et l'on vous décerne un *act' de décès*, avant de compter toutes les *ca't* que vous avez gagnées entre la naissance et la mort. Car, en définitive, toutes ces *ca't* sont des *ca't de c'édit* : elles matérialisent le crédit limité que la vie, grande banque multiservice, vous consent. Si vous avez accumulé suffisament de ces *ca't*, et à condition de ne pas avoir dépassé votre limite de crédit, le dieu *Mélancolie* fait une remise de dette à vos descendants, pour le cas où, eux aussi, ils dépasseraient leur découvert autorisé.

Mon débarquement dans la grande banque se fait par un petit matin glacé. Six heures de tempête ont labouré le ventre de Maman, mon océan. J'échoue sur le rivage de la clinique d'un baron, chez le roi des Belges. Maman, Blanche teinte en blonde pour cacher ses cheveux châtains, est assise sur son lit. Elle caresse la promesse d'une toison noire, sur le crâne de son poupon, caramel lisse au café, et dépose un baiser de framboise sur son front.

Dans Bruxelles enneigée, mon père, Noir teint en noir pour cacher ses cheveux blancs, court à l'état civil, pour témoigner de mon existence : monsieur mon père honore mon poids de naissance (2,3 kg) en me nommant *Zara* : *Celle qui est maigre aux fesses. Zara...* Ce nom fang qui ne s'écrivait pas, jusqu'à ce que des Portugais, les cales chargées d'alcools et de verroteries, accostent à São Tomé vers 1472. Ils sont venus chercher la cire, le miel et l'huile de palme. Ils reviendront cultiver la canne à sucre et le manioc, acheter l'ivoire blanc, l'or jaune et la chair noire.

Ces Blancs délavés préféraient les fesses charnues. Là se noue tout le drame de mon existence. Pourtant, *Maigre aux fesses* est mon nom : je le porte dignement.

Un chevalier triple, de l'ordre de Léopold, de l'ordre de la Couronne et de Léopold avec palmes, dresse, après énumération de ses titres et désignation de son *Nous, Julien,* mon *act' de naissance.*

Je suis fille de Théodore, né à Lambaréné au Gabon, et de Tatiana, née à Lausanne en Suisse. Théodore me déclare à son chevalier triple et belge, en présence d'un militaire de carrière et d'un commerçant ; ils se prénomment Louis, tous les deux. Théodore, Louis I, Louis II et Julien le bien nommé signent et entérinent l'*act'* définitif et prétentieux qui fixe mon identité.

J'ai deux mois. Je prends mon premier envol. Atterrissage au bord d'un lac bleu, sous des montagnes blanches : Genève. Il y a les perles blanches, arrachées d'un collier de ma mère ; elles roulent sur le parquet ciré. Il y a le lit d'enfant qui me paraît démesuré. Je suis assez maigre aux fesses pour glisser entre deux barreaux.

Un jour, j'ai onze mois. Mon petit frère arrive, dans un chou lausannois. Autour de moi, des sons diffus muent vers des mots, qui agressent mes oreilles, qui piquent ma langue : j'apprends à parler.

Et, deux ans plus tard, à peu près, on déploie nos ailes : Saint-Germain-en-Laye. Je perfectionne la parole française : on ne parle, dans notre nid chic, ni fang ni suisse allemand ; langues mortes, occasionnellement ressuscitées, pour un patriarche, pour une grand-mère. Comme à Bruxelles, comme à Genève, nos racines ailées reposent dans le jardin, enterrées à l'abri d'un grand arbre.

Un jour, oubliant qu'elles sommeillent dans l'humus nourricier, je tombe d'une fenêtre : je croyais voler ; rien de cassé. Un autre jour, trouvant l'hibernation longue, je fugue jusqu'au bout de la rue, avec la petite voisine, une Blanche neige.

Un jour, le chat noir meurt : tout le monde verse des larmes transparentes. Sauf moi. Je n'avais aucune tendresse pour ce joli petit chaton. Ce salaud accaparait toute l'attention que moi seule méritait. Qu'ils crèvent tous. Je hais l'espèce féline.

Derrière mon école de la république, il y a des planches de bois pourri, et une cour avec des cochons roses : c'était un abattoir. Grâce aux cochons roses, le soir, on mange du boudin noir aux pommes.

J'apprends à lacer mes Kickers, pendant que les grandes sœurs écoutent les Beatles au vinyle. Il y a une grosse pomme verte sur l'album. Plus grosse que mes fesses ne seront jamais…

Et, deux ans plus tard, à peu près, on creuse au pied du grand arbre. Les racines, épaissies et rassasiées, les ailes allongées et reposées, sortent de terre. Engourdies, elles se redéploient voluptueusement : Washington DC. Nos ailes s'y reposeront, dans le terreau d'un vieux chêne rouge. *Double personne,* mon grand-père, meurt à Lambaréné : on porte ses deux mètres en terre. Rosa, *Mutti,* mon arrière-grand-mère, s'éteint à Lausanne : on porte son mètre cinquante au feu.

L'école française est privée ; notre nid, chic, toujours. J'apprends, en douce, à mettre du vernis rose pendant que mes sœurs écoutent la Motown au vinyle. Il y a des écureuils marron plein les arbres verts. Il faudrait leur donner des *ca't* à grignoter.

Un jour, on part en Floride, dans la Cadillac gris métal de Papa l'ambassadeur : il y a les suites baroques, il y a les rythmes zaïrois ; suites rythmées qui diffusent en moi des rêves ondulatoires. Je crois aux traîneaux. Je crois aux rennes volants. Je crois au père Noël, petit vieux barbu. Je crois en Dieu, petit vieux barbu.

Et, deux ans plus tard, à peu près, on creuse au pied du chêne rouge. On lustre nos souches, plus longues, plus denses. On ébroue nos plumes, trop chargées de terre. Nos ailes ankylosées battent avec délectation et décollent vers le pays du Caban de marin, *Gabão,* Gabon : Port-Gentil, île Mandji, île des irokos. Iroko... Ce bois qui, à l'abri d'un cap aux rois nègres hospitaliers troqueurs et chrétiens, pansa les vaisseaux blessés par l'ouragan des navigateurs, pirates et autre flibuste, portugaise, hollandaise, anglo-saxonne, française, espagnole ou danoise.

Mon arbre n'est plus familial : je suis sevrée. Je plante mes racines ailées au pied d'un bougainvillier à fleurs rose violacé, à feuilles violet orangé. L'école primaire est privée. École marguerite à trois pétales : blanche passionnément, métisse un peu, noire pas du tout, presque pas du tout. La plupart des fesses sont larges, et plates ; j'aime mieux les miennes, même si elles sont maigres.

Papa commence à creuser une piscine au bord de la mer.

Le soir, Maman nous fait des crêpes. Son débarquement dans l'île ravit les petites Françaises, femmes d'expatriés dans le pétrole gabonais ; comprenons-les : elles souffrent tellement, mais tellement, les pauvres oisives, de l'indolence de leurs femmes de ménage, de la flemmardise de leurs boys. Heureusement, pensent-elles, Tatiana, la jolie poupée vanille aux lèvres framboise, va grossir les rangs de la résistance des visages pâles. Mais non… Maman est une collabo : elle accommode les griottes avec les flageolets, elle frit les bananes plantains, elle cuisine le *chocolat,* la sauce au pain d'odika, noyau de mangue sauvage. Blasphème.

Les petites Blanches d'Elf soupçonnent Maman d'être américaine, ce peuple sans esprit et sans histoire. Non. C'est pire : elle est helvète ! Renégate irrécupérable. Ces gens-là sont trop neutres : comme colons, ils ne valent rien. Pensez qu'en Suisse, ils vendent des bananes plantains dans leurs supermarchés. Pourtant les Helvètes, ils avaient expié, ils étaient entrés dans l'Histoire universelle en nous donnant Georges Montandon. Seraient-ils retournés à la barbarie négro-américaine ?

Pendant que leurs maris monogames reniflent de la Négresse polyandre à l'*Impérial,* le bar à putes mal famé, ces dames blanches et pures rêvent, dans leurs draps tout roses, à l'énorme sexe de leur boy noir, cet animal jamais domestiqué.

Et Maman roule dans la grande Mustang jaune, qu'elle conduit avec des lunettes de soleil, même s'il pleut.

À Port-Gentil, c'est la seule à faire de la fondue au fromage.

Papa ne finit pas la piscine.

Mes fesses ne poussent pas.

Désespérant…

Il est 19 heures, la main tendue du père de la nation nous salue par télévision interposée : les programmes vont commencer. Vlad et moi, les deux petits, on file au lit, on se cache sous les couvertures : nos jeunes voisins tout noirs, qui habitent derrière une maison hantée, nous ont révélé que la nuit, un homme cagoule sa tête de cafard et vient tuer les enfants. Papa rêve dans son boudoir avec Bach, Paganini, Franco O.K. Jazz, des chants grégoriens, et Zao le Congolais, qui chante *Ancien Combattant* :

Quand viendra la guerre, tout le monde affamé ô !
Le coq ne va plus coquer cocorico !
La poule ne va plus pouler pouler les œufs !
Le footballeur ne va plus footer, pousser le ballon !

Les joueurs, cadavere.
Les arbitres, cadavere.
Le sifflet, cadavere.
Même le ballon, cadavere.

Je m'endors. Dans mon sommeil, la musique fond et glisse à la folie, et colorie frénétiquement mes rêves.

Le jour, on nourrit nos chats, nos poules et nos chèvres. Un cousin nous ramène un singe aux yeux verts et au cul bleu ; ses fesses sont plus grosses que les miennes, qui ne sont même pas bleues. L'animal vole les billets de banque dans les poches de Papa, et Papa nous promène en Cadillac sur des routes de sable ou de latérite, trop étroites, aux nids-de-poules béants, gorgés d'eau à la saison des pluies. Il nous promène tant qu'il oublie de finir la piscine et que mes fesses s'oublient aussi.

Et, deux ans plus tard, à peu près, Mya vient d'avoir les dix-huit ans qui ont tant tardé à venir. Elle se venge de ces années trop lentes : dans le secret d'une nuit, elle se lève et va creuser silencieusement au pied de son flamboyant à fleurs rouge feu. Elle enfile ses ailes et, savoureusement, disparaît dans le ciel étoilé, s'enfuit, s'évade vers six années muettes. Le lendemain matin, je découvre le trou au pied de son arbre. J'apprendrai à me protéger toute seule. On n'écoute plus de vinyle.

Et, deux ans plus tard, à peu près, Ninon creuse au pied de son frangipanier sucré. Elle s'envole vers Paris, rejoindre Mya, qu'elle seule sait pouvoir retrouver là-bas. Pour Papa, elle va commencer Math sup à Paris. Pour elle, elle ne finira pas. On n'écoute plus de vinyle.

Et, deux ans plus tard, à peu près, Camille creuse au pied de son araucaria au tronc squamé comme les pattes d'un oiseau, aux feuilles écailleuses comme le corps d'un poisson. Il m'offre un disque de Supertramp avant de décoller. Je réécoute du vinyle.

Je regarde mon bougainvillier. J'entends mes ailes trop rouillées qui crissent. Je sens mes racines trop serrées qui se crispent.

Et, deux ans plus tard, à peu près, Papa pioche au pied de son filao. Il va faire le diplomate à Vienne.

Décidément non, mes fesses ne grandissent pas davantage que la piscine.

Pendant les vacances, on rejoint Papa à Vienne. Dans son palace, Himmel Strasse, je hume les exhalaisons qui s'échappent de la cuisine des domestiques indiens. Je bois du moût, croque dans un apfelstrudel sur l'air d'un disque de Police, *Message in a bottle.*

Et, deux ans plus tard, à peu près, Papa revient au pied de son filao.

J'écoute Bob Marley. Il paraît qu'il est mort. L'hévéa transpire le caoutchouc: il fait trop chaud. Nos racines ailées continuent de pousser. Celles de Vlad, mon cadet, se nourrissent sous un eucalyptus: il devient koala.

Parfois, on se dérouille, on se desserre, on se déterre: un hiver sur deux ou trois, encore petits enfants, on part à Lausanne bouturer au pied d'un sapin de Noël. Une année, je tue le père Noël parce qu'il a pris un visage, celui de mon oncle grimé. Une autre année, je fugue jusqu'au bout de l'allée, jusqu'au bout du jour. Et comme j'ai peur des renards, et comme il fait froid, je rentre.

On repart pour l'île, replanter au pied de l'eucalyptus, au pied du bougainvillier. On retrouve nos chats, notre singe et nos chèvres. Il manque quelques poules, avalées par de gros serpents. Il manque quelques chats, égorgés par des congénères, ou mangés de l'intérieur par des vers. La piscine est toujours là, on ne l'égorgera pas. On enterre les chats, au pied de l'eucalyptus, au pied du bougainvillier : nouveau goût encore, qui, même amer, nourrit les ailes, rassasie les racines.

Mes fesses ne se décident pas.

Souvent, Maman a l'humeur grenadine : assise dans son fauteuil de velours côtelé beige, elle sirote des chansons sans alcool, à la guimauve : Demis Roussos, Bécaud, et feu Presley.

Non moins souvent, Maman a l'humeur vin de palme ; assise sur le carrelage, elle se soûle avec des chansons à 70°, à la mort que Zao chante si gaiement :

> *Quand viendra la guerre mondiaux tout le monde est cadavere !*
>
> *Ta femme, cadavere.*
> *Ta mère, cadavere.*
> *Ton grand-père, cadavere.*
> *Tes chéries, cadavere.*
> *Ton premier bureau, cadavere.*
> *Ton deuxième bureau, cadavere.*
> *Les journalistes, cadavere.*
> *La radio, cadavere.*
> *La télévision, cadavere.*
> *La bière, cadavere.*
> *Le champagne, cadavere.*
> *Le whisky, cadavere.*
> *Le vin rouge, cadavere.*
> *Le vin de palme, cadavere.*
> *Les soûlards, cadavere.*
>
> *Music lover, cadavere.*
> *Tout le monde, cadavere.*
>
> *Moi-même, cadavere !*

Cadavre ou pas cadavre, l'école primaire, la marguerite à trois pétales, se termine; on entre au collège des curés: tout le monde porte le même uniforme sobre, beige et blanc. Ainsi, les têtes blondes et lisses, ou les têtes noires et riches, ne crânent pas avec de la soie, quand les têtes crépues et tristes flânent dans du coton sale et déchiré.

Et, deux ans plus tard, à peu près, mon petit cul vient de perdre sa fleur, dans l'eau de mer. À l'occasion de cet événement, personne ne me délivre la moindre *ca't.* Pourquoi?

Maman et Papa nous envoient creuser au pied de l'arbre. On est trop jeunes pour Paris, alors on s'envole pour Lausanne.

Bon.

À Lausanne, on entre dans une école française, privée, pleine de gosses de riches. Douche un peu froide. Chez les curés, j'étais chouchoutée par un curé barbu de poivre et de sel, fumeur de pipes parfumées. Il écrivait des caractères gothiques à l'encre noire, des formules toujours élogieuses, dans mon relevé de notes, carnet de carton bleuté. Dans la nouvelle école, il est interdit de fumer, relevé de notes blanc, feuille volante, légère et dactylographiée. Nouveau goût encore, même un peu âcre, pour nos sources de vie, enterrées au pied d'un géranium en pot, dans le vieil appartement qui crisse.

On y habite seuls.

À Lausanne, mon cul ne croît plus.

Vlad a le spleen du koala, qui ne sait manger que des feuilles d'eucalyptus. Le géranium en pot lui paraît trop petit, le goût trop saumâtre: il ne plante ni ne bouture. Il s'échappe, s'envole, et le revoilà au pied de l'eucalyptus.

Mais, le maître, gardien du jardin, un immense arbre du voyageur, le repousse de sa grande main aux doigts feuillus de bananier : *la terre ici s'est refermée, le passé est le passé.* Vlad retourne à Lausanne, il y trouve un peuplier, au pied duquel depuis dix ans ses racines ailées reposent.

On prépare notre bac à Lausanne. Du Gabon, Maman vient nous rejoindre un mois sur quatre, dans l'appartement usé qu'elle a habité dans les années cinquante.

Le père de Maman est boulanger. Le matin, quarante ans durant, il se lève à trois heures : Ange sort dans la nuit et brûle les pavés engourdis, pour rejoindre, au bout de la rue, le laboratoire de sa pâtisserie. Il se glisse dans la galerie, et ouvre la porte tout au fond du couloir, juste à côté du restaurant marocain, cet Arabe encore plus noir qu'un Italien. Il descend un escalier de pierre en colimaçon et met le pain et les gâteaux à cuire. Il prépare le levain du lendemain, et des crèmes au bon goût de lait. Un lait moins onctueux, pourtant, que celui de son père, le laitier d'Aubonne. Il est mort de la grippe espagnole, Gotlieb, en 1918, juste après avoir déposé Ange dans le ventre de son Angèle. Il est parti, sans avoir jamais voulu se faire photographier, le laitier protestant ; il devait se méfier des *ca't.*

Plus tard, Augusta rejoint son boulanger de mari ; elle chasse la poussière, prépare sa vitrine, et attend ses apprenties, suisses, s'il vous plaît. Ses deux derniers enfants dorment dans l'appartement déjà vieux. Sa fille aînée, Maman, se réveille dans un pensionnat austère, perché quelque part sur les Alpes bernoises. Comme toutes les nuits, Tatiana a doucement rêvé qu'elle épousait un Noir. Avant le pensionnat, c'est Rosa, la grand-mère allemande, suisse et polonaise, qui s'occupait de Maman. Elles parlaient allemand et français. Le polonais ? Rosa n'avait pas fait de *ca't,* alors elle avait pris la liberté de l'oublier. Rosa était veuve d'un facteur, Louis, qui était protestant et descendant d'un bâtard des ducs de Savoie : son aïeule quitta un jour le village pour aller servir son seigneur. Elle partit vierge et rose de contentement, elle revint grosse et rouge de honte. Cet aïeul est né avec un demi-*act' de naissance.* Louis le bâtard avait quand même fait peindre son portrait, se proclamant comte de Savoie. Il avait aussi des armoiries, postrévolutionnaires.

Papa vit à Genève. Quelques années plus tôt, il se vengeait du regard blanc sur son crin noir en prenant une femme rose et tachetée de roux, une fille de Montargis. Avec elle, il mêla au sien le sang de ces aïeux gaulois qui, à défaut d'ancêtres, feraient des descendants. Puis, il quitta la fille de Montargis et, avec la fille de Lausanne, il mêla à son sang déjà mêlé et à son histoire emmêlée, le sang et l'histoire de France, de Pologne et d'Allemagne.

10

De l'universalité dans le règne colonial...

Nous sommes à Lambaréné, au Gabon, dans les années trente. Tu as trois ans. Tu portes des guenilles. De tes ancêtres, tu tiens des ailes qu'ils ont déployées depuis le Haut-Nil jusqu'aux rives de l'Ogooué. Tu vois des colons blancs. Tu les admires encore, tu les méprises déjà. Tu les vois parader dans de belles voitures. Tu regardes tes guenilles, tu te dis que tu préfères les belles voitures. Tu parles fang. Tu parles français. Longtemps, tu crois que tes ancêtres sont gaulois. Mais, un jour, tu comprendras qu'à l'école on t'a dit n'importe quoi.

À quatre ans, tu pars chez les missionnaires. On te destine à l'exercice de l'administration coloniale, ou à la prêtrise. On pense que, pour mener les indigènes récalcitrants à Dieu et à la civilisation, leurs frères seront plus convaincants : ils chantent mieux les cantiques. Un soir, avant de te mettre au lit, le père Georges fait son devoir chrétien d'acculturation républicaine :

– Les Noirs sont les égaux des Hommes. En vérité en vérité Théodore je te le dis : si noir que tu sois, tu es l'égal de l'Homme. Car, comme ceux de l'Homme, tes ancêtres sont gaulois.

– Mon père, pourquoi le travail sans argent ? Papa dit que...

– Il ne faut pas donner d'argent aux Nègres : ils le boiraient.

– Pourquoi le recrutement forcé au Moyen-Congo ? Papa dit que beaucoup sont morts…

– Ils sont morts pour les chemins de fer de la France mon fils !

– Qu'en ferions-nous ?

– Jésus est notre sauveur, mon fils, je suis sûr que tu t'en rends compte.

Le père Georges présente un bijou sacré à ta bouche ; tu le baises respectueusement. Il caresse ton front en souriant, il quitte la chambre.

En 1946, tu as douze ans. On découvre que tu n'as aucune *ca't* ni aucun *act'*. Alors on dresse ton *act' de naissance.* C'est une audience publique où siègent un *président,* administrateur de colonies de son état, et deux *assesseurs titulaires indigènes assermentés.* Tu comparais et exposes que tu es né il y a douze ans, mais que ta naissance n'a pas été inscrite sur les registres de l'*état civil indigène.* Tu parles français, mais l'interprète du tribunal traduit quand même : tu as oublié de fournir ta fausse *ca't de c'éolité « moi y en a pa'lé beaucoup bon f'ançais mon commandant ».* Faustin, le chef du village, trente-cinq ans, vient témoigner. Nkane, *Asperge sauvage,* ton père, vient témoigner. Asperge sauvage a quarante-six ans, mais on lui prête trente-cinq ans, *environ.* Le tribunal admet finalement, par jugement supplétif, que la preuve est apportée : toi, Théodore, fils chrétien de Nkane l'*Asperge sauvage* et d'Oye, *Celle qui étouffe à force de manger trop de banane plantain*, tu es bien né. On consent à dresser l'*ac't.* Tout le monde est content.

Asperge sauvage, *notable évolué,* est encore plus content : comme les femmes à la métropole, on lui a fait, en 1945, cadeau du droit de vote ; lui aussi, il va pouvoir jouer à la démocratie. Mais jusqu'en 1946, la France, libérée du joug allemand, n'accorde le droit de vote qu'aux notables gabonais : un Noir sur cinquante en âge de voter exerce ce privilège.

Jusqu'en 1956, les voix des colons comptent double. Cette année-là, on découvre beaucoup, mais vraiment beaucoup de pétrole au large de Port-Gentil.

François Mitterrand est ministre de l'Outre-mer.

À la colonie, la *commission de propagande* entrave les candidatures des *personnes douteuses* : elle n'imprime pas de bulletin à leur nom ou les distribue assez mal pour rendre le vote impossible. Les *commissions de révision des listes* rayent les électeurs douteux des listes électorales, oublient de distribuer quelques cartes d'électeur.

Makaya, manœuvre sur un chantier forestier du sud du Gabon, arrive devant le bureau de vote avec trois amis. Un intimidateur blanc les accueille :

– Comment messieurs ? Vous avez parcouru sept kilomètres à pied pour venir voter Issembé ? Il n'y a plus de bulletin Issembé… Vous ne préfereriez pas voter Aubame ? Non ? Désolé… le bureau est fermé messieurs : il est 14 heures 30.

Et l'intimidateur de se justifier devant ses cousins métros, outrés :

– Les Africains sont politiquement immatures.

Mais les Noirs sont les égaux des Hommes. C'est de Gaulle qui l'a dit. C'est çui qui dit qu'y est.

Pendant ce temps, Makaya l'immature illettré fait rédiger, avec ses trois amis, une plainte qui, avec d'autres, dormira pendant cinquante ans dans les archives nationales, section outre-mer :

– Gourmet nous ordonna de voter seulement Aubame. Il nous proposa cinq dames-jeannes de vin et deux mille francs. Nous lui avons dit que nous avions l'amour de notre pays et que nous étions fatigués de boire son vin… Nous n'avons pas voulu suivre son conseil… Il nous retira notre carte d'électeur…

Makaya et ses trois compères étaient manœuvres sur le chantier forestier de Gourmet ; mais le *Code du travail* métropolitain n'existe pas outre-mer : le travail à la colonie, c'est, depuis le début du siècle, les *prestations,* une race de travail républicain appartenant à l'espèce du *Service du travail obligatoire* hitlérien. Oui, à la colonie on razzie et on déporte en toute légalité. Pour le caoutchouc nécessaire à l'effort de guerre par exemple : le colonisé doit cultiver, récolter, usiner, et livrer ses dix kilos de galettes de caoutchouc tous les mois. En échange, il recevra la somme nécessaire au prélèvement de son impôt de capitation et, s'il lui reste quelque chose, il achètera peut-être un parapluie au Blanc, à la saison sèche, quand il ne pleut pas. Il y a aussi le chemin de fer *Congo-Océan* : vingt mille morts sur les chantiers. Les Nègres appelaient tout ça *l'impôt de Gaulle.* N'en doutons pas : Makaya et ses trois compères ne perdirent pas leur droit au STO sur le chantier de Gourmet.

Ah ! L'égalité ! C'est dans l'air du temps, on en a fait une déclaration universelle, en 1948 : les colonies françaises sont restées des territoires d'outre-mer, jolies colonies de vacances antillaises.

La moitié des hommes sont des femmes. Mais la moitié des femmes ne sont pas des hommes : les femmes sont des hommes, mais les hommes ne sont pas des femmelettes.

En 1931, Griaule l'ethnologue se soucie du *problème* de la culture noire. Il découvre puis révèle au monde métropolitain, ébahi, que les Nègres des colonies, eh bien… ils pensent ; ils ont une *sophie, une métaphysique, une conception de l'univers* : les Nègres sont des *Grecs* ; les Nègres sont donc des hommes, véritablement. Quelle surprise.

Pour s'en convaincre, il lui aura fallu des années de pillage colonial. Pour s'en consoler, il lui aura fallu les coups de pieds, généreusement prodigués par ses soins, sur le cul de ces Nègres ingrats et paresseux. Car si les Nègres sont bien des *Grecs* comme nous les *Blancs,* nous ne sommes pas comme eux.

Michel Leiris, l'éternel amoureux de l'Afrique et de ses fantômes, secrétaire-archiviste des missions coloniales de Griaule, le dénonça, s'interrogea sur le pillage.

Ton père, le notable évolué d'Asperge sauvage, se fout de l'aptitude à la *sophie* que Griaule veut bien lui prêter : il n'a pas plus entendu parler de Hegel qu'un Texan de Balzac ou qu'un Périgourdin de Kanté. (Ma boulangère, originaire de Craponne-sur-Arzon, arrondissement du Puy, ne connaît ni les uns ni les autres…) Le seul souci d'Asperge sauvage, c'est la campagne électorale de son cousin, Léon Mba, un ancien comptable et chef de canton, fils d'une couturière et d'un commerçant. Léon brigue un mandat de député à l'Assemblée nationale, en France : de Gaulle a déclaré tous les colonisés français, libres, égaux et frères, comme les métros. Quelques colonisés sceptiques s'interrogent : qui nous prouve que ces *Blancs*-là soient nos frères ? D'autres colonisés plus tolérants font l'expérience de ce paradoxe : d'accord... si la gaulité est le prix de la liberté, on veut bien être fraternellement français, afin de supprimer égalitairement les *prestations.* Mais l'administration coloniale se méfie des réfractaires au STO républicain. Or, Léon s'est rebellé contre les *prestations* dans les années trente : il y a gagné une réputation de Fang païen et communiste avant d'être exilé au Tchad une dizaine d'années. Vous ne le voyez quand même pas à l'Assemblée nationale à Paris ! Malheureusement pour Aubame qui ira à Paris, où l'on gagne, avec Houphouët-Boigny, la suppression des *prestations,* le petit peuple ne lui pardonnera pas d'avoir remplacé le manioc par la baguette...

Et pourtant, Aubame, il aimait le manioc aussi...

Léon l'a compris depuis longtemps : il faut concilier le manioc et la baguette. Alors, Léon le caméléon va travailler les cohabitations. Devenir un fidèle initié franc-maçon bien français, tout en demeurant un fidèle initié bwitiste bien gabonais. Cultiver sa réputation de sorcier, tout en étalonnant les coutumes fang au Code civil français.

Léon Mba et de Gaulle sont bons copains.

Asperge sauvage rêve d'indépendance, avec d'autres. Mais il sait donner le change et n'en point trop parler : les *Blancs* sont de grands enfants, ils ne sont pas encore mûrs ; c'est ce que lui apprit Sem Andock, *Rayon de lune ensoleillée la nuit à la saison sèche,* son grand-père, peu de temps avant de se suicider pour rejoindre ses ancêtres :

Les Roses, disait-il, *ne sont plus tout à fait des animaux; mais ce ne sont pas encore tout à fait des Fang (des Humains). Leur pays est celui de l'enfance, enveloppé dans la couleur blanche de la mort. Les Roses vivent l'âge malheureux de la sauvagerie; mais ils ne sont pas mauvais : ce sont des innocents qui ne connaissent pas encore le grand esprit. Ces chèvres ne respectent donc ni leur vie ni celle des autres; naïfs comme le jeune phacochère, ils croient qu'ils deviendront fang et immortels en répandant la mort sur les Fang. Asperge sauvage,* disait encore le grand-père, *bientôt, j'accomplirai mon destin de Fang; à la prochaine saison sèche, je rejoindrai nos pères pour te donner la vie mon fils. Mais sache qu'il te faudra beaucoup de courage et beaucoup de rire : oui mon fils, quand la chèvre te chargera, n'oublie pas de rire. N'oubliez jamais de rire; et les Humains survivront.*

Asperge sauvage repense à ces sages paroles. Rayon de lune ensoleillée la nuit à la saison sèche avait raison : le rire est le propre du Fang. Et puis on dit que les chefs sanguinaires blancs poussent maintenant leurs propres frères blancs à se massacrer entre eux, par millions : heureusement, des Américains les ont libérés de cette barbarie.

Mais Asperge sauvage ignore que les colonels américains ont dressé un terrible constat : ces tribus européennes manquent d'intérêt, elles n'ont pas de pétrole, et leurs peuples, malingres et paresseux, chair à canon à consommer avant la saison des pluies, ne résisteraient pas au travail forcé, et encore moins à la déportation de l'esclavage : les Européens n'ont pas gagné le privilège d'être colonisés.

Tu as vingt ans. En 1955, on t'embarque dans un bateau : tu pars en France pour apprendre à devenir administrateur des colonies, à l'École nationale d'administration. Mais pour te faire colon, il faut d'abord te faire citoyen français : on te décrète métropolitain de droit commun. Tu es content : droit commun, ça veut dire que tu n'es plus sujet, ni indigène : tu es citoyen français, « *libéré de ses liens d'allégeance* ». Dans l'apartheid, tu passes du bon côté ; tant pis pour les indigènes. Tu aurais voulu être séminariste à Lambaréné, tu finiras docteur en droit, et énarque, à Paris.

Avec d'autres agneaux noirs des bergeries d'Afrique-Équatoriale française, tu es débarqué dans un Paris si blanc, toi qui es si noir. Parfois, on s'étonne que des Noirs, il y en ait encore : les tirailleurs sénégalais ne sont-ils pas tous tombés dans les poubelles de l'histoire des guerres mondiales ?

On te fait les *ca't* qu'il faut : *étudiant, identité, ENA*. Les dames roses et beiges gloussent au toucher de ta peau noire, dont elles s'étonnent qu'elle ne tache pas. Elles sont surprises par le crin sur ton crâne : il est si rêche, il pousse en l'air. Heureusement, de nos jours, les clones de Naomi Campbell perruquent comme elle leur tête crépue. Ça fait du lisse ou des vagues, du court ou du long, du noir ou du blond. Ajoutez-y des lentilles bleues, et racontez que le grand-père est blanc, ou que le noir, rassurez-vous, c'est juste du blanc peint.

Entre deux années de droit, tu pars te battre pour l'Algérie française ; tu penses citoyen-colon : sans la chicotte française, point de salut. Mais la chicotte française t'a meurtri, le dressage colonial a tué ton grand-oncle et, chez les missionnaires, l'eau était glacée. Tu ne sais plus quoi penser. Cette guerre, elle te laisse un souvenir : une balle qui t'a frôlé la tempe, te creusant une amande délicate au coin de l'œil. Mais là, chose étrange, on ne t'a pas fait de *ca't d'ancien combattant.*

Un jour de l'année 1960, c'est l'*indépendance* du Gabon. Tu es marié à Paris depuis deux ans. Tu viens de cartographier Ninon, ton deuxième enfant, à l'état civil. À l'ENA, tu apprenais à devenir administrateur des colonies. Bon. Tu feras diplomate, et aussi docteur en maths au MIT de Boston. Tu es content : le Gabon devient vaguement libre. Tu es fier de ton oncle Léon Mba : il est président de la République gabonaise. Il a la bénédiction de son pote Charles, et Jacques Foccart, secrétaire d'État aux affaires africaines et malgaches, veille sur lui. Jalousement. Le pays libre, les ambitions des missionnaires et des colons s'effondrent une demi-journée, et se redressent en changeant de nom : les colons deviennent, contractuellement, des coopérants, les missionnaires, des curés.

Le peuple pardonne mal à l'élite noire : elle a collaboré avec le pouvoir colonial ; le nouvel État, enfanté par ce pouvoir, se méfie : et si l'élite noire faisait de la résistance tribaliste ? Place donc aux coopérants français. Place donc à la dictature. Léon Mba devient tyran, avec le soutien de son pote Charles et sous la vigilance de Jacques Foccart : pour mener les Nègres à la civilisation, et puiser le pétrole gabonais, il faut une main de fer. Les enfants noirs qui, avec toi, ont grandi soûlés de chants grégoriens la semaine, et initiés aux secrets du Bwiti le week-end, deviennent prêtres, ou politiciens, ou les deux… parfois ils participent au pouvoir, souvent ils participent au cachot. Quand ils n'ont vraiment pas de chance, c'est une balle entre les deux yeux. Et quand ils n'ont vraiment, mais vraiment pas de chance, ils disparaissent, simplement.

Tu fais deux autres enfants en France: Camille, et Oye. Tu rentres au Gabon en 1963. Quelques mois plus tard, un coup d'État éclate contre Léon Mba. Son pote Charles lui envoie des parachutistes français: les putschistes gabonais paniquent... Ouf... Léon, cher parent, est réinstallé sur son trône. Il se venge: il remplit les prisons, il inonde les cimetières. Tu pars aux États-Unis.

En 1967, Léon meurt, un ancien des services secrets français lui succède, de Gaulle crée Elf Aquitaine. La jeune Elf Aquitaine devient la mère de la très vieille Société des pétroles d'Afrique-Équatoriale, rebaptisée Elf Gabon.

Huit ans après la mort de Léon, tu rentres avec femme et enfants, au Gabon pétrolifère. À la maison, tu parles politique avec ton cousin, le prêtre, le père Noël. Mais ce père Noël sort d'un cachot, pas d'une cheminée.

Zao chante la fin du monde:

> *Quand la balle siffle, il n'y a pas de choisir.*
> *Si tu fais pas vite, Changui mon cher, ô! Cadavere.*
> *Avec les coups de matraque tout à coup patatras, cadavere...*

Vous parlez des balles qu'on prend entre les deux yeux. Si, par hasard, on a peur, tu nous rassures:

– Quand tu regardes un homme dans les yeux, il ne peut plus te tuer: dans tes yeux, il y a la grâce.

Mais... Un tueur. Est-ce qu'il suffirait que je le regarde dans les yeux ? Et si j'étais endormie, comment j'ouvrirais les yeux ? Et si je n'avais pas le temps d'allumer la lumière, est-ce qu'il les verrait mes yeux ?

11

De la maternité dans le règne virginal...

Mercredi, jour du rituel hebdomadaire de la tarte Tatin.

Mya, ma très jolie sœur aînée, sort des pommes boskoops du frigo.

Mya est intermittente du spectacle et surtout érémiste convaincue. Elle partage sa couche, très épisodiquement, avec le grand camarade-patron berbère d'un grand syndicat communisto-capitaliste ; très riche, mais surtout très marié, l'amant lui loue un cent mètres carrés, au 3, square de l'Aide-sociale, à Sèvres.

Ma collatérale scalpe une pomme avec application en me rassurant :

– Pas d'affolement, Zara. On ne t'a pas encore convoquée pour un aller simple en charter. Pas à quinze jours de Noël.

Cet été, j'ai bien gagné une *ca't de séjou'* définitive, valable un an, à une tombola sponsorisée par l'OMI. Mais cette *ca't* était déjà entamée de six mois par ma *ca't de séjou'* provisoire : dans huit semaines, c'est terminé. Quant à Marie, elle n'a jamais rien gagné. Du tout. Elle est clandestine ? C'est la faute d'Alexandre Dumas, cette salope...

La *ca't du Gymnasium* n'a rien arrangé à mes affaires : l'accès à la musculation, le lundi et le jeudi, c'est le passage obligé par Keita de Neuilly, l'animateur noir du Gymnasium. Depuis quatre mois, il me soûle avec mes fesses trop maigres, ses cheveux synthétiques, ses lentilles colorées et ses leçons d'horticulture montandonnienne, entre deux appareils de gymnastique. Keita est étudiant en anthropologie africaniste ; l'animation gymnasiale, m'a-t-il expliqué, c'est alimentaire. D'ailleurs, s'agissant d'alimentation, il m'a plusieurs fois invitée à dîner en tête à tête ; poliment, mais fermement, j'ai toujours refusé. Ensuite, il a baissé ses prétentions : il m'a invitée à déjeuner, à midi, avec des amis. Je lui ai expliqué que notre relation s'arrêtait aux frontières du Gymnasium. Il a tenté de m'amadouer avec son histoire familiale : quand son père bambara est retourné au Mali, Keita avait trois ans ; sa mère l'a élevé à Neuilly, seule, courageusement. Keita n'est pas un enfant désiré : son père, paysan bambara, a violé sa mère dans une boîte à Bamako, par une nuit de saison sèche, il y a trente-cinq ans. Quand la mère de Keita est devenue grosse, le père de celle-ci, secrétaire général du parti unique, a mandaté la police politique pour retrouver le violeur et le contraindre à épouser sa fille, afin de laver l'affront. Mais le violeur, pauvre Bambara païen, n'a pas apporté la moindre dot en échange de la noble fille mandingue. L'honneur de la famille maternelle a été doublement outragé ; manu militari, le grand-père mandingue a expulsé le couple vers la France, où Keita est né. Le grand-père les a déshérités : la mère de Keita, descendante en ligne directe de Sunjata Keita, fondateur de l'empire mandingue, est devenue femme de ménage chez des petits Blancs du XVIe arrondissement… Mais revenons à nos pommes :

– Finis d'éplucher les goldens, Mya : ça fume sec sous la cuisinière.

Je sors le moule à manqué du four : un caramel roux crépite dans son fond. J'envoie une noix de beurre généreuse glisser et fondre sur cette patinoire sucrée et j'y dépose les gros quartiers de pommes que Mya m'a préparés ; ainsi façonné, le soleil retourne au chaud. Ma sœur me recommande :

– Écris-leur une lettre un peu romantique, Zara ; une pour la préfecture, une pour l'OMI, une pour la DDASS, une pour la CAF. Explique-leur que Marie est entrée en France avec toi, et que l'OMI a juste « oublié » de faire le certificat. Merde ! C'est ta fille non ? Elle existe !

Je disperse du sucre vanillé et de la cannelle dans la brisure de ma pâte et je malaxe, avec du lait et de la crème.

– Il paraît que non. Tu veux un Carambar ?

Elle acquiesce. Je sors les deux précieuses confiseries de ma poche, lui en offre une, et déballe la deuxième. Mya reprend :

– Il faut les émouvoir, avec des métaphores pastorales : *Étudiante et célibataire, j'ai perdu ma fleur dans les nymphéas blancs d'un marécage, il y a longtemps déjà... Plus tard, mon ventre, abrité par des roseaux, reçut en un autre étang un nouveau pollen. Neuf mois passèrent, et le fruit de mes amours de naïade naquit dans une rose rouge.*

– Tes métaphores ne sont pas pastorales, elles sont vaseuses, Mya.

– N'es-tu pas déjà embourbée dans un sable mouvant parsemé de plantes carnivores ? Écris-leur un conte de fées, si tu préfères : *Il était une fois, la fille d'un roi déchu qui croqua dans la pomme rouge d'une sorcière à bec crochu. Sitôt fait, Blanche-Nègre s'évanouit.*

Profitant de ce profond sommeil, la sorcière la transporta dans la grotte des sans...

– Les sans-papiers, sans-emploi, sans-domicile-fixe, sans-le-sou, sans-grade et autres sans-cœur ?

– Oui, Zara.

– Sansocrate.

– Pense à la photo : il n'y a pas de clichés sans négatifs. Les employés, les domiciliés, les couillus, n'existent que par opposition aux sans-emploi, aux sans-domicile et aux femmelettes.

– Pour qu'il y ait des culottés, il faut des sans-culottes ?

– Tu mélanges un peu Zara.

Mon téléphone portable sonne. Je m'assieds dans un fauteuil au salon. Une voix guillerette me salue :

– Bonjour ! C'est Keita de Neuilly ! Bienvenue au téléphone !

– Ragneuh-gneuh.

– Je te demande pardon ?

– De qui tiens-tu mon numéro de téléphone ?

– J'ai fouillé dans les fichiers du Gymnasium. Tu es libre à petit déjeuner demain ? On ira avec ma cousine si tu...

– Non. Ni dîner, ni déjeuner, ni petit déjeuner. Tu connais ma philosophie : il n'est pas question que nous nous voyions en dehors des heures de gymnastique.

– Je...

– Non, je ne prendrai aucun bain de minuit avec toi.

– Pourquoi... c'est parce que je suis bambara ? Tu méprises le Bambara n'est-ce pas ? C'est vrai, le Bambara est un paysan païen. Pourtant moi, Keita, je descends, par ma mère, d'un noble Mandingue,

Sunjata, le fondateur de l'empire du Mali. Mais j'ai perdu mes racines…

– Tu cherches ton chemin ? Attends, je sors un plan de métro… La ligne un te permet de rejoindre ton domicile, en descendant à Sablons ou à Pont-de-Neuilly ; et sans changement.

– Je me fous de Neuilly ! C'est d'afrocentrisme que je te parle ; des racines de mon peuple. Car je fais des études d'anthropologie pour lui redonner sa dignité. Son Histoire est grandiose ! Excepté celle des Pygmées et autres Baoulé, bien sûr. Au XIIe siècle, de grands royaumes rayonnaient, la civilisation africaine florissait.

– Menteries.

– Comment ? Mais l'empire du Ghana, et le Mandingue, et Songhay, Ségu ! Et Nupe, la Byzance noire ! Les savants blancs ont bien reconnu la civilisation black !

– Ah bon ? Des savants blancs ? Dans ce cas…

– Mais… connais-tu vraiment l'Afrique black, demi-Blanche ?

– L'Afrique black ?

– L'Afrique black oui, l'inverse de l'Europe blanche, la terre obscure qui vit naître les premiers hommes. Nos ancêtres à tous.

– Non. C'est impossible.

– Tu m'écœures… Ignorante…

Keita me raccroche au nez. Je retourne à la cuisine. Mya a enclenché le radiocassette ; Zao chante l'apocalypse des équipes de football africaines :

Diable noir, cadavere.
L'étoile du Congo, cadavere.

Kara, cadavere.
Les lions indomptables, cadavere.
Les léopards, cadavere.
Les diables rouges, cadavere.

Quant à moi, je trouve refuge dans la grotte des *sans* :

– Mya, je fais quoi dans ma grotte des sans, j'attends le prince charmant ?

– Oui, tu seras sauvée par le baiser préfectoral.

– Je vois mieux la préfecture dans le rôle de la sorcière. Ou dans celui de la pomme empoisonnée. Non, je ne leur écrirai pas : je m'enfoncerais un peu plus.

– Ils seront peut-être plus indulgents. C'est bientôt Noël.

– J'ai tué le père Noël. Et les griottes. Et les flageolets. Si je tenais cette salope d'Alexandre Dumas... C'est à cause d'elle qu'ils refusent de régulariser Marie, j'en suis sûre.

Je sors les pommes du four et couche la pâte brisée sur leur dos. Une odeur de fruit caramélisé se répand dans toute la pièce. Mya se dresse sur un minuscule escabeau et me somme, hautaine :

– Appelez-moi *Votre Honneur.*

Dans le tribunal improvisé de sa kitchenette parfumée, elle déclare :

– Flagrant délire mythomaniaque et spongiforme. Ça va chercher loin.

– Je suis une tache folle.

– Vous ? Mère ! Vous voulez rire ? Vous fabulez.

– En effet. Sans mari, avec une demi-*ca't de séjou'*, malade de l'immigrationnite clandestinoforme, comment aurais-je pu ?

– Vous n'êtes qu'un magma de circonstances aggravantes.

Circonstances atténuantes, exténuantes, aggravantes ou envahissantes, peu m'importe. Mon droit sanitaire de l'OMI, m'en fous. Les Moâ et les tartes Tatin d'abord. Mon royaume pour ma tatin. À moins que… Ma tatin pour un cheval. Les chefs d'accusation enregistrés, je suce mes doigts, je hume les exhalaisons de ma tarte, et, prophétique, j'informe ma sœur de cette vision culinaire :

– La prochaine fois, j'y ajouterai quelques lamelles de melon. À moins que… quelques écorces d'orange confite ?

Cognant violemment le rouleau à pâtisserie enfariné sur la table, Mya s'obstine dans sa parodie de justice :

– Que plaidez-vous ?

Ma tentative de coup d'État pâtissier lamentablement avortée, je prends place sur le banc des accusés. Mon accusatrice, l'œil noisette en amande, le sourcil noir froncé, me toise de son promontoire miniature et moi, tout en bas, l'œil marron en amande, le sourcil brun suppliant, toute petite, infiniment minuscule, je proteste :

– Votre Pénalité. Je ne mens pas. Je suis mère… C'est tout.

– Vous n'apportez aucune preuve formelle de votre maternité, jeune indigène exogène. Vous n'êtes qu'une variété de *sans* de la pire espèce de *sanseté.*

– Votre Sainteté, je vous jure que cet enfant sur mon passeport est le mien. Il vit ici auprès de moi… Il apprend Robert Desnos à l'école de la république : *La fourmi de dix-huit mètres.*

– Pas de blasphème. *Une fourmi de dix-huit mètres ? Ça n'existe pas, ça n'existe pas.*

– *Eh ! Pourquoi pas ?*

– Silence. Le tribunal pénal ne saurait admettre l'existence d'un individu, par ailleurs coupable d'étrangeté, sans les trois lois.

– Les trois lois ? J'ignorais que…

– Nul n'est censé ignorer la loi. Article 1 : *virtuellement, un enfant ne peut naître d'un parent singulier, ni d'un ou deux homosexuels.* Or, vous êtes célibataire. Seriez-vous lesbienne ?

– Essayons.

– Pas question, l'inceste est illégal… Article 2 : *virtuellement, un enfant ne peut naître d'individus prépubaires.* Or, vous êtes étudiante, donc vierge. Article 3 : *virtuellement, un enfant ne peut naître d'un étranger, sans demande préalable d'un certificat d'hébergement pour l'enfant à naître nouvellement indigeste.* Pardon, *indigène.*

– Je suis indignée. Qu'advient-il des exceptions à la règle ?

– Il y en a trop, jeune indigente : des millions. Ces exogènes étranges surchargent l'*Organisme,* le ballonnent, le constipent.

– D'où parfois ces émissions de gaz nauséabonds ? Vous mangez trop de flageolets.

– Silence, sans exogène !

– *Sans exogène* ? Mais, Votre Honneur, exogène c'est oxygène !

– Nous n'avons pas besoin d'oxygène. C'est oxydant.

– Occident ? Pour vos fers ?

– Absolument. Que d'accidents. Sus à la sansocratie. À mort les sansocrates. Qu'ils boivent la ciguë.

– Sachez raison garder… Vos fers rouillés grincent ?

Enfilez des chaussettes, portez des gants de velours !

– Ça ne changerait rien. Nous n'avons pas besoin d'êtres soulagés, ni libérés. Nous sommes libres dans nos fers. Je vous le répète : nous ne digérons que les enfants assimilables par l'*Organisme* ; eux seuls nous rassasient sans embarrasser nos estomacs. *Votre* fille est un produit de *votre* imagination car elle est inapte à naître : vous n'entrez pas dans le cadre strict des trois lois.

Reprenant le rouleau à pâtisserie défariné par son premier coup de semonce, Mya tape encore sur la table, chute de son monticule et, solennelle, prononce ce verdict sans appel :

– L'enfant, *Marie,* sera placée en camp redirectionnel, dans un foyer d'accueil pour enfants abandonnés. Elle deviendra, à sa majorité, citoyenne de la sous-nation ZUP ; on lui délivrera une *ca't de sanseté.*

– *Ca't de sanseté* ? Mais je ne l'ai pas abandonnée ! Et Robert Desnos ?

– Au camp, vous dis-je. Ses parents l'ont abandonnée ; car *vous* ne pouvez pas, virtuellement, être sa mère, quels que soient les faits et les motifs qui la font figurer sur votre passeport sous votre nom.

– Pitié ! Pas redirectionnalisée dans la sous-nation ZUP…

– La séance est levée.

– Mais… C'est ma fille… mon caramel, mon sucre, mon tout petit petit chocolat bleu… Je suis postpubaire : je respecte la loi ! Faisons un dosage hormonal. Pitié…

– Nan, nan et nan.

– Je vous jure, c'est ma fille. Je ne suis pas vierge, je respecte la loi. Je vous produirai un certificat de pénétration antidaté.

12

De la clandestinité dans le règne monoparental...

– Il faut le certificat médical de l'OMI pour votre enfant, mademoiselle. Demandez un regroupement familial. Sans quoi, votre enfant restera clandestin. Joyeux Noël.

La gentille dame de la CAF me raccroche au nez.

Marie et moi devons nous regrouper à deux : dixit la CAF.

Cet été, Alexandre Dumas ne m'en avait pas parlé. Salope. Moi qui lui avais offert une chaise, un kir, une Gauloises filtre, et ma biographie...

Il y a vingt minutes, le téléphone de la préfecture m'affirmait : non, vous ne devez pas vous regrouper. Il y a un quart d'heure, je suppliais le téléphone de l'OMI de me convoquer pour établir le certificat médical de Marie. Non. C'est la DDASS qui doit leur demander. Mais il y a dix minutes, le téléphone de la DDASS était impuissant tant que la préfecture n'ordonnait pas. Et la préfecture, il y a vingt minutes, elle disait que non, pas de regroupement, chère mademoiselle.

La boucle est bouclée. Et si ce certificat n'existait pas ?

J'en aurai le cœur net. Je recompose le numéro de la CAF. Une voix d'hôtesse de l'air répond. J'expose la situation :

– Bonjour madame. J'ai le dossier n° 1294. Ma fille est-elle clandestine ? Comment pourrais-je faire pour me regrouper familialement avec ma fille qui est déjà avec moi ?

– Un instant s'il vous plaît.

J'entends la voix de l'hôtesse de l'air s'emmêler dans mon dossier, puis renoncer. Une autre demoiselle d'Air CAF prend le relai.

– Mais enfin ! Vous êtes de quelle nationalité ? Et le bébé ? Il est de quelle nationalité ? Mais et vous ? Mais, et le bébé ? Nous allons consulter les textes et vous rappeler, parce que, en fonction des nationalités, les textes changent. On vous rappellera. Au revoir.

Air CAF vous remercie et souhaite vous revoir très prochainement sur ses lignes. Veuillez garder votre ceinture attachée jusqu'à l'arrêt total de l'OMI. Les passagers en transit sont priés de se présenter aux guichets de la DDASS.

Et bon séjour à la préfecture.

Remarque, moi, ça me dit rien d'être regroupée. Mais Marie, elle est clandestine ou pas ? Et si j'appelais la préfecture pour fayoter ? À la CAF, y font rien qu'à dire des méchancetés sur la préfecture.

Une heure après, la CAF ne m'a toujours pas rappelée.

Je recompose leur numéro. Une voix antillaise et tiède me répond. Intimidée, je lui souhaite joyeux Noël. Elle me remercie. Elle ne me souhaite pas joyeux Noël. Ni bonne année. Ni joyeuses Pâques. Encore moins bon anniversaire. Pourtant, c'est dans sept heures, mon vingt-neuvième anniversaire... Je pleure sur le sort de l'enfant de la pauvre fille mère sans-le-sou que je suis devenue malgré une prime jeunesse dorée. Elle semble confuse, ne comprend pas que Marie n'ait pas été convoquée à l'OMI. Elle reprend mon dossier, mais la moitié des photocopies ont disparu. Je lui refais, sèchement, ma biographie. Elle me conseille de lui renvoyer les pièces manquantes, celles qu'ils ont perdues. Non. Elle préfère voir avec ses collègues et me rappeler.

– Attendez... Voudriez-vous me passer Alexandre Dumas ? Elle connaît bien mon dossier, je...

– Alexandre Dumas ? Qui c'est çui-là ? Travaille pas chez nous ça. Je regarde les textes et je vous rappelle.

Vingt minutes plus tard, elle rappelle, apaisée :

– Vous êtes étudiante ?

J'avoue cette virginité. Elle est formelle :

– L'OMI n'a rien demandé à votre enfant, parce que les étudiants étrangers n'ont pas d'enfants. Ils viennent en France pour faire des études et rentrer chez eux, pas pour faire des enfants et rester en France. Nous n'avons donc plus besoin du certificat OMI : vous êtes étudiante étrangère, célibataire et sans enfants.

13

De la racionalité dans le règne racial...

La porte sonne, Mya ouvre. Gwen, sa meilleure amie, entre dans l'appartement. Blanche sud-africaine, blonde, longue, oblongue, Gwen habite passage de la Main-d'Or, dans le XIe arrondissement de Paris. Étoile montante du petit écran, elle est en ce moment l'héroïne d'un soap intitulé *L'Amour sans-papiers*. Elle joue une clandestine somalienne, poursuivie par de méchantes potières exciseuses et harcelée par des administrations françaises castratrices. Heureusement, l'amour d'un créateur de mode mi-italien, mi-chinois et spécialisé dans l'encorsetage des bourgeoises parisiennes la sortira des griffes de tous ces méchants, après deux mille épisodes pleins de rebondissements. Les potières se recycleront dans la circoncision, les administrations dans la chasse aux sorcières exciseuses. La Somalienne finira top model, et écrira une thèse sur la sorcellerie en Haute-Saône.

Ce soir, Gwen entre en scène sur les planches de la cuisine de Mya, kitchenette, boudoir aux murs stériles, où, hormis l'accomplissement hebdomadaire du rituel de la tatin, je tiens mon rôle de griotte : le soir, à la veillée, je conte mon épopée. Au dernier épisode, je me proposais de prouver ma maternité par un certificat de pénétration antidaté. Car je ne suis plus vierge ; il est donc possible que je sois mère n'est-ce pas ? Il est alors possible que Marie soit ma fille, et que, donc, elle existe pour de vrai. La CAF s'est juste trompée n'est-ce pas ?

Mya, l'air malicieux et le sourire mauve, invite son amie à prendre place dans la cuisinette. Elle ouvre la porte du four, libère la tatin rituelle, et la retourne sur une assiette, dévoilant les pommes dorées et suintantes, mollement offertes. Je découpe la tarte, fourre une pomme caramélisée additionnée d'une noix de crème fraîche dans ma bouche, et m'assieds à côté de ma sœur. Une fossette rigolant dans sa joue droite, Mya me demande :

– M'as-tu apporté ton certificat de pénétration antidaté ?

Gwen croque dans sa tranche de gâteau, et, coquine, me repose la question de son regard, argenté comme l'océan ; de ses yeux gris tempête, qui ont noyé quelques marins présomptueux. Je réponds :

– En pays de Galles, la future reine est vierge : le certificat de virginité prouve la présence de l'hymen. S'il existe des certificats de virginité pour les royaumes aux princes de sang, pourquoi pas des certificats de pénétration pour les hordes de gueux de *sans* ? (Je me tourne vers Mya.) Votre Honneur, c'est une solution à la surcharge pondérale de l'*Organisme*. En échange de ma présomption d'innocence, je vous débarrasserai de ces excédents oxydables et adipeux que sont les *sans*.

– Stoppées les graisses ! dit Mya.

– Fichtre, fait Gwen.

– Votre Pénalité. Cannibalisez-moi. Ne laissez pas les asticots me manger. Offrez-moi les grâces de votre panse distendue.

– Renieriez-vous votre père, votre mère, votre naissance ?

– C'est chose faite, votre Pénibilité.

Gwen bondit de sa chaise, pour plonger dans ce bain non encore identifié. Vindicative, l'index pointé sur mon front, décidément bien bas, elle somme :

– Abjure !

Déjà vaincue, parce que assise, je m'agenouille devant elle :

– Je n'ai pas de confession, Votre Majestueuse Sainteté, mais j'embrasserai celle qui vous siéra.

– Ainsi soit-il, souffle Gwen, attendrie.

Je détaille mon offre à Sa Satiété :

– Votre Inoxydable Débilité, je vous fais don de guerriers dévoreurs de virus *sans* : un régiment d'enzymes gloutons. Vous admettrez alors ma maternité en échange de mon arme absolue, le *certificat de pénétration antidaté* pour *sans.*

– Mais les *sans* sont des fornicateurs forcenés ! crie Son Honneur, scandalisée.

– En effet, consenté-je. Délivrons donc, sur présentation de ce certificat, des *permis de procréation limitée.*

– Continuez jeune… mère. Un peu de Badoit ?

– Non, de la Vichy s'il vous plaît. Il y a, dans le fait de délivrer des permis de procréer une contradiction, ma foi fort intéressante, avec la première loi.

– Celle qui stipule la nécessité d'être marié pour être parent ?

– Oui, Votre Obsolescence : *un enfant ne peut pas naître d'un parent singulier.* Or, un *sans* étranger, même marié, est catalogué célibataire, à moins qu'il ne dépose une *demande d'agglomération tribale.*

– Ces demandes, remarque Son Honneur, sont rarement acceptées : les indigènes n'apportent pas la preuve de leur humanité.

– Oui, abonde Gwen, car l'humanité, dans certains cas, est une circonstance atténuante de l'étrangeté.

– Mais l'étrangeté, rétorque Son Honneur, est une circonstance aggravante de l'humanité : les étrangers sont en général de faux humains.

– De la même manière, complété-je, que la flageolité n'est pas un gage de pets. Mais si les étrangers sont de faux humains, quels vrais sont-ils ?

– Peu importe, opine Sa Satiété. En vertu de la *première loi,* les indigènes mariés et parents demeurent célibataires sans enfants.

– Donnons-leur un *permis de procréation limitée,* re-proposé-je, de sorte qu'ils se mettent en infraction avec la *première loi,* et expulsons-les.

– Parfait, dit Son Honneur, on parquera leurs petits en Zone d'urbanisation putride.

– Ou on les noiera dans une baignoire avec des chatons, suggère Gwen.

– L'invasion des *sans* est en partie stoppée. En partie seulement. Comment la rendre opératoire pour toutes les catégories de *sans* ? m'interroge Son Excellence Lipidique.

Je me gratte le menton :

– Il y aurait la liposuccion sous anesthésie.

– Liposucer l'*Organisme* ? N'y aurait-il pas d'effets secondaires ?

– Si Votre Éminence Grasse, avoué-je, la peau d'orange.

– Mais pourquoi anesthésier les *sans* ?

– Pas les *sans* ; il faut anesthésier l'*Organisme,* qui, expliqué-je, est une petite fleur délicate et sensible.

– C'est bien connu, colporte Son Honneur, les

sans sont sans sensations. Mais comment mettre en œuvre la liposuccion intégrale ?

– Faisons une grosse refonte constitutionnelle, propose Gwen.

– Rassemblons le peuple autour d'une devise forte, milité-je, *Travail, Famille, Patrie.*

– Mais si ça ne suffisait pas ? s'inquiète Son Honneur.

– Eh bien, la rassuré-je, la biologie nous donnerait des instruments pour fixer un seuil génétique au-dessous duquel l'appartenance à la race organique serait exclue. Instaurons la *ca't d'identité ch'omosomique.*

– Pourquoi pas. Mais le seuil génétique doit être assez tolérant pour qu'il nous reste le minimum vital, requiert Son Excellence. Car la mère de mon grand-père est… juive autrichienne, et son père est… à moitié noir des Antilles, peut-être même d'Afrique. Vous vous rendez compte !

– Je suis navrée de vos antécédents bantou-négroïdes. Mais, n'ayez crainte, l'africanité du règne équatorial est soluble dans l'eau, ou dans internet si vous n'avez pas d'eau. Et, de toute façon, les biologistes sont rationnels, ils ne parlent plus de race.

– Et comment donc indigène Eugène ?

– Parce que le racisme, c'est vraiment très vilain. La rationalité est un bien qui s'oppose à la racionalité qui est un mal. C'est tout de leur faute à eux, les biologistes, les anthropologues, les philosophes. Car en vérité il n'y a aucun gène homogène derrière aucune race : les races sont une illusion de l'esprit et des sens, comme la platitude de la terre.

– Mais la terre est plate ! fait Son Honneur Bafoué, la voix tremblante et le regard plein d'effroi.

– Et pourtant, elle est ronde, déploré-je. Et en plus, elle tourne.

– Non, dit son Éminence Sentencieuse, vous vous trompez. Je l'aurais senti.

– En tout cas, dénoncé-je, un Espagnol peut être plus pigmenté qu'un Hottentot et plus crépu qu'un Soudanais qui peut avoir un enfant blond aux yeux bridés… Je suis désolée Votre Honneur.

Baisser de rideaux. Fin de tatin. La veillée est terminée. Je passe aux tâches ménagères :

– Je descends les poubelles.

Au bas de l'immeuble, je croise Keita de Neuilly, l'animateur afrocentriste du Gymnasium, à demi noble et mandingue par sa mère, à demi paysan et bambara par son père. Un homme brun et athlétique l'accompagne. Keita porte un sac poubelle vert, assorti à ses lentilles de contact. Ses cheveux synthétiques sont raides et noirs.

– Bonjour ! Bienvenue à côté des ordures ! salue-t-il.

– Ragneuh-gneuh.

– On habite le même immeuble ! Dommage. Je vais bientôt déménager sur Paris, rue des Prêcheurs, dans le premier arrondissement. C'est plus près du Gymnasium, et c'est juste à côté de chez ma mère. Elle fait un excellent cassoulet. Tu viens dîner ce soir ?

– Non. Et je n'habite pas l'immeuble ; je suis chez des amis.

Le Brun me dévore de ses deux yeux vairons :

– Bienvenu…

– Merci, lui réponds-je.

– Non. Je m'appelle Bienvenu. Mais tu peux m'appeler Ulrich si tu préfères : j'ai bientôt trente-trois ans.

– Moi vingt-neuf… Je m'appelle Zara, Bienvenu…
– Merci.
– Non. Je voulais te demander… puis-je caresser tes cheveux ?

Sans attendre la réponse du Brun, je passe ma main dans sa toison noire et mousseuse, puis caresse son visage lisse et brun :

– C'est stupéfiant ce teint brun. Y aurait-il une race brune ? Es-tu câpre, mulâtre, chabin, octavon, quarteron, cafre, bamboula, banania ? Mais qu'es-tu donc ?

– Je suis immigré mauritanien ; mais mon grand-père servit sous les drapeaux allemands, pendant la Deuxième Guerre mondiale : il était camerounais allemand, avant de redevenir camerounais français. Les aléas de la colonisation… (Bienvenu regarde son bras brun et imberbe.) Brun, moi ? Quand j'ai rencontré Keita, il m'a pris pour un cheval noir. Mais souvent, il me traite d'âne blanc. Hier, un Blanc à la peau marron clair m'a pris pour un âne noir. Une girafe m'a pris pour un zèbre, un homme beige m'a dit qu'il était jaune avant de me prendre pour un chameau, et un Noir marron-bleu m'a confondu avec son cheval blanc.

– Je le savais bien, fait Keita, il faut réaliser la fission des races humaines.

– La fission ? C'est pas pour la race des atomes ça ? m'égaré-je.

– Oui, ce serait pas l'infusion plutôt ? dit Bienvenu.

– Non. L'infusion c'est pour la race des verveines, explique Keita.

– Mais alors, tressaillé-je, c'est quoi ?

– Nul ne sait, répond Bienvenu. En tout cas, mon père est un grand guérisseur ; ça, c'est sûr.

– Sorcellerie ? hurle Keita. Malheureux ! Quelle

image vas-tu donner de notre continent ? La sorcellerie est une barbarie ! Et l'excision ! Et la circoncision ! J'ai heureusement échappé à tout cela…

– Eh bien moi, je suis circoncis, déclare Bienvenu. Et mon père a guéri l'hépatite d'un Portugais d'Angola, annonce-t-il non moins fièrement, grâce à des plantes cultivées par des Pygmées d'Afrique centrale.

– Keita est un ignorant, diagnostiqué-je, avant de révéler à l'ignorant le drame de son existence, espèce d'incirconcis va.

Le non-circoncis lève la main droite pour me frapper. Craignant l'excision à la main, non aseptisée et sans anesthésie, je m'enfuis lâchement dans la cage d'escalier. Lâchement oui : le courage est le propre des hommes qui méprisent leur clitoris et le pénis des autres. Seuls les hommes lâches sont des esclaves libres. Et moi, debout, je suis une femme en érection. Ivre de victoire, le clitoris indemne et au repos, je rentre chez Mya et la retrouve dans la cuisine où elle converse avec Gwen. La chaîne Hi-Fi joue une chanson de Zao :

Tu ne sais pas que moi je suis ancien combattant !
Moi je suis ancien combattant j'ai fait la guerre mondiaux ô !
Dans la guerre mondiaux, il n'y a pas de camarade
Dans la guerre mondiaux, il n'y a pas de pitié mon ami
Je suis un Français.
Je suis un Anglais.
Je suis un Allemand.
Je suis unTchécoslovaque.

Marque le pas, un, deux, ancien combattant, Mundasukiri...

– Zara a des problèmes de papiers, dit Mya.

– Quel rapport avec les immigrés et la pénétration ? (Gwen se tourne vers moi.) T'es pas française, Zara ?

– Non. Je suis de race indéterminable et de sexe indéterminé. Je suis également ambidextre...

Gwen endosse l'habit de consternation d'une femme trompée façon *comment as-tu pu me faire ça,* et d'un air désolé :

– Mais c'est affligeant ! Comment peut-on tomber si bas ?

Accablée d'avoir été ainsi démasquée, je chuchote sur le ton de la confidence trop longtemps retenue :

– Je ne suis pas tombée, j'étais déjà par terre : la CAF, la DDASS et l'OMI accusent Marie d'être clandestine. Ils nient jusqu'à son existence. Et ma *ca't de séjou'* arrive à échéance dans deux mois. Il y a bien Alexandre Dumas... Elle voulait m'aider, mais elle a disparu. Elle a changé Marie en clandestine. Mais pourquoi elle disait qu'elle voulait m'aider hein ?

Quand la balle siffle, il n'y a pas de choisir.
Si tu fais pas vite, Changui mon cher ô ! Cadavere.
Avec tous les coups de matraque, tout à coup patratras ! Cadavere...

Gwen fronce les sourcils, et décrète :

– Tu n'as plus qu'à trouver un *ma'i de 'ace f'ançaise.*

14

De la vaginalité dans le règne anal...

V.I.P., une gargote prétentieuse et dansante au 12, impasse Monplaisir dans le VIIIe arrondissement. On y fête le Nouvel An, avec deux semaines de retard.

Je déclare ouverte la chasse aux *ma'is de 'ace f'an-çaise.*

Une foule se presse devant l'entrée. Méfiant mais élégant, l'œil du grand physionomiste noir scrute les moindres détails, sélectionne les élus, épure les sous-castes. Il refoule un petit Noir ventripotent : probablement un Pygmée puant l'échalote mauvaise, détaché du tronc commun de l'espèce humaine fleurant l'oignon bon. Un petit Blanc moustachu présente deux preuves d'intégration aux communautés noctambules parisiennes : une prêtresse blonde et une bacchante noire, arborant toutes deux un tee-shirt Élite. Le physionomiste ouvre la porte du paradis, largement. Il entre dans la boîte avec le trio, abandonnant à la porte la horde de pisseux qui attendaient la rédemption.

Je sympathise avec un couple de banlieusards :

– On vient de Saint-Ouen, s'excusent-ils.

La femme a la quarantaine enveloppée et le menton prognathe. Son compagnon a la trentaine anorexique et le front fuyant. Hormis des favoris noirs qui se rejoignent sous son menton, il est chauve. Deux immenses drag queens nous bousculent pour se hisser jusqu'à la porte matelassée. Elles sonnent. Le physionomiste apparaît ; il caresse son oreillette. L'une des filles saute à son cou et pérore :

– Tes rastas ! C'est top roots ! Monica est là ?

– Elle fête la sortie de son CD avec des potes.

Il les fait entrer.

J'arrive, avec mon couple d'amis, à la hauteur du représentant rasta de Dieu sur terre. Il observe les chaussures ternies du chauve à favoris, remonte jusqu'aux poches vides de son pantalon de toile bleue, remarque la veste qu'il n'a pas, et lui demande :

– Vous avez la *ca't du club* ?

Le chauve à favoris baisse ses yeux impies, s'engonce. Il avoue la faute en bredouillant :

– Je ne suis pas membre. Mais je… j'ai un ami à l'intérieur.

– Désolé. Soirée privée.

La femme menace :

– Monsieur, je vous signale que mon frère est secrétaire général du syndicat national des patrons de discothèques. Alors attention hein !

Le physionomiste rajuste son oreillette sans broncher. Il me dévisage et, désignant le chauve à favoris, demande :

– Vous êtes ensemble ?

Le chauve à favoris ouvre la bouche. Je parle avant le morveux :

– Non.

J'ai gagné : la porte s'ouvre pour moi et se referme sur le nez des deux banlieusards. Ulcérée, la femme jette un mauvais sort :

– Connard ! Tu vas voir ça enflure… J'vais d'mander vot' liquidation judiciaire moi !

– Zot' gueule, hasarde une griotte créole dans la foule.

À l'intérieur, le physionomiste regarde la ceinture de mon pantalon :

– Tu as une taille superfine. Tu pourrais faire minitop. Quoique... Je te donne la *ca't* d'une agence, *Les Petites Asiatiques*. Essaie toujours.

Je l'ignore dédaigneusement, pose mon vestiaire, et descends un escalier d'acajou à demi recouvert de velours pourpre. J'arrive sur le terre-plein ovale d'un balcon, bordé de balustres.

En bas, les oiseaux de nuit se désarticulent frénétiquement dans des lumières arc-en-ciel. Le rythme de la musique fait vibrer le plancher, jonché de mégots de cigarette. Je longe le bar, m'assieds sur un tabouret, et pose mes coudes sur le comptoir, près d'un cierge enfoncé dans une demi-amphore en verre. Je pioche dans une coupelle pleine de cacahuètes.

Je prie pour l'apparition du *ma'i de 'ace f'ançaise.* Quand mon messie surgira, je le conduirai à l'hôtel, nous nous épouserons, et nous aurons beaucoup d'enfants.

Un petit Blanc apparaît ; une mocheté. Il porte un ensemble de lin couleur crème. Un bouc roux prolonge son menton proéminent ; ses oreilles sont décollées. Il attrape mon bras et susurre :

– J'adore votre visage, mademoiselle.

– Merci.

– C'est tout ce que ça vous fait, mademoiselle ?

– Vous avez raison.

– C'est tout ce que ça vous fait.

Évincé, le laideron me libère et disparaît. Un petit Noir vêtu d'un gilet de soie mordorée se penche vers moi. Il porte un anneau d'argent dans la narine droite et un catogan. Obséquieux, il me demande :

– Vous êtes de quelle origine ?
– Merci.
– Je vous offre un verre.
– Vous avez des hallucinations.
– Mais je…
– Je n'accepte que les sacristains et les religieuses au chocolat.

Je me tourne et me retrouve face au petit Blanc fanatisé par mon faciès très publicitaire, dans l'air du temps de la culpabilité postcoloniale : *exotic is beautiful quand même… finalement… même si parfois…* Après tout, le monde entier est source de beauté : *Ushuaia, Nestlé* et la *World Music* ne l'ont-ils pas prouvé avec leurs shampoings à la vanille, leurs chocolats noirs et leurs rythmes tropicaux ?

– Vous êtes sud-américaine, parie le Blanc publivore.
– Vous avez tort.
– Je vois : vous êtes sud-asiatique. Je te plais, mademoiselle ?
– Vous êtes français ?
– Non, mademoiselle.
– Tu as tort.
– Ah. Bon. Celui dont tu tomberas amoureuse, il aura de la chance.
– C'est exact. Entre nous, il n'y a pas de communion possible.

Il se détourne, et, comme pour exciter mon désir, échange quelques mots lascifs avec une jeune blonde en me regardant. Il revient à moi, scrute mes pupilles pour y détecter les prémices d'une érection clitoridienne. En vain. Il persiste :

– Il faut qu'on aille manger ensemble.

– Je ne couche pas avant le mariage.

– Quand je serai connu, tu viendras manger avec moi ?

Je hausse les épaules. Il me confie :

– Écoute, j'ai déjà trouvé une fille pour ce soir, mais...

– Félicitations.

– Elle, c'est juste pour une heure. Avec toi, j'ai envie de parler. Tu es sûre que je ne te plais pas ?

– Ça se saurait.

– Elle, j'ai pas envie de l'entendre. Elle a intérêt à se taire.

– Bâillonne-la.

Je perçois une turgescence derrière le zip de son pantalon. Le bossu bandé gratte son pubis en m'informant de ce projet :

– Je vais lui mettre une muselière.

J'acquiesce. La bosse ne désenfle pas. Lui se ravise :

– Non. Elle ne pourrait pas me faire les choses que je veux.

– Museler ou sucer, il faut choisir.

Surexcité par ce dilemme existentiel, il m'expédie, pour se soulager ailleurs :

– Bon, je vais ramasser ma copine. Passe une bonne fin de soirée... Et méfie-toi, un jour, tu pourrais bien me trouver sympathique : je suis un défloreur d'anus hors pair.

– C'est trop tard, mon pauvre ami.

Il me baise la main et rejoint sa suceuse nocturne.

Je m'appuie contre la balustrade. Une jeune femme arabe, blond platine bouclée au fer à friser, m'aborde, frotte son verre frais contre mon épaule, et souffle une bouffée de cigarette sur ma joue. Je me tourne vers son visage, énorme bouche rouge fraise surmontée de naseaux de dragon d'où s'échappent des volutes de fumées violettes. Elle prend ma taille et confesse :

– J'adore la jungle, c'est trop tribal. Tu sais, chérie, le retour aux sources, l'authenticité....

– Vous êtes française vous, reniflé-je.

– D'origine algérienne, oui.

– Voulez-vous pacser avec moi ?

– Je suis contre le PACS. Marions-nous en Hollande, pour de vrai.

J'en ai rien à foutre de la Hollande... C'est la France et la CAF que je veux.

– Les Français d'origine algérienne étaient français bien avant les Polacks et les Ritals vous savez, m'annonce-t-elle fièrement. Nous sommes français depuis 1830.

– Tant pis pour vous.

J'en ai rien à foutre de la Hollande, de la Polackie et de la Ritalie... La CAF ou rien. Je me débarrasse de cette lesbienne trop romantique :

– Je suis séropositive.

Elle s'enfuit en courant.

Je descends sur la piste pour danser parmi les oiseaux de nuits blanches, dans les rythmes authentiquement tribaux.

J'aperçois, à trente pas, l'ombre d'un homme olivâtre, élégamment vêtu d'un costume trois-pièces. Il porte des moustaches fines. Comme un danseur de tango argentin. C'est... C'est le ramasseur de femmes accidentées et de bananes plantains. Celui qui m'a souri au marché de la rue Dejean cet été... Il disparaît dans la foule.

Je fais le tour du balcon pour rejoindre ce futur *ma'i*

de 'ace f'ançaise : à lui, je vendrai mon âme ; par lui, j'expierai tous mes péchés.

Mais s'il était de race argentine ?

J'espère qu'il a la double racionalité : que ferais-je d'un Argentin qui ne serait pas français comme tout le monde ?

En quête du costume trois-pièces, je tourne trois fois autour du balcon. Pas de costume trois-pièces. Une combinaison de vinyle rouge, un déshabillé de soie mauve et sa mousseline rose, des lunettes de soleil Oakley, mais pas le moindre costume trois-pièces.

Dépitée, je remonte aux vestiaires. Il est bondé. Une dizaine d'hommes et de femmes aux chemises ouvertes se reboutonnent les uns, les autres. Derrière eux, j'aperçois le dos d'un homme. Il récupère un manteau, et dépose une pièce de monnaie dans un genre de bénitier. La dame-vestiaire caresse sa chevalière, en souriant.

Je m'avance vers lui. Un couple, homosexuel mais hybride (un zèbre et une girafe femelles), me barre la route. Je les contourne, je fends la foule. J'arrive à la hauteur de mon futur époux quand, tout à coup, un paquet de cigarillos glisse de la poche arrière de son pantalon. Je dois le ramasser : il a bien ramassé ma banane plantain. C'est l'occasion de lui rendre sa politesse ; et de créer le lien. Je me baisse, provoquant une bousculade. Déséquilibré, mon prochain mari m'écrase la main droite sous son pied. Je tends ma main gauche, et ouvre la bouche pour me rappeler à son bon souvenir. Je ne parviens qu'à hurler de douleur. Dans la cohue, il ne m'entend, ni ne me voit.

Je ramasse le paquet de cigarillos écrabouillé et me relève péniblement. Je repère mon promis à dix mètres, prêt à sortir. C'est ma dernière chance : je m'élance, gagne ses fesses, attrape la poche arrière de son pantalon. J'y glisse les cigarillos et ma *ca't de visite.*

Il ne m'a même pas vue...

Je rebrousse chemin et croise un grand Arabe à dread locks :

– Viens, chérie. Je t'emmène à Deauville.

Il s'appelle Zyad. Un *ma'i f'ançais* de secours ? Je le suis dans sa voiture, et me soumets aux rites de présentation anale, orale et vaginale, dans l'ordre.

La chose faite, il m'annonce que sa femme attend un troisième enfant.

15

De la judaïté dans le règne afro-équatorial...

Je sors de chez Mya, où je me suis longuement lamentée sur la clandestinité persistante de Marie, et sur l'échéance trop proche de ma *ca't de séjou'*. Dans quinze jours, c'est fini... je le crains...

À moins que le danseur de tango argentin du *V.I.P.* ne m'appelle.

Je longe le square de l'Aide-sociale. J'aperçois Keita de Neuilly, le gymnaste, anthropologue incirconcis, noble Mandingue par filiation maternelle. Il flâne sur le trottoir d'en face avec Bienvenu, le Noir brun, mauritano-camerounais, descendant d'un grand guérisseur d'hépatite portugaise. Bienvenu porte un survêtement de sport noir, des lunettes de soleil et un bandana rouge. Le jean de Keita est bleu délavé, ses yeux verts, et sa perruque rousse. Fatigué, il me salue :

– Bonjour... Bienvenue sur l'autre trottoir...

– Ragneuh-gneuh.

– Je suis grippé... Sais-tu que Cham est maudit ?

– Qui donc ?

– Espèce de zèbre... Cham est le fils de Noé voyons.

– Y avait-il des zèbres dans l'arche de Noé ? demande Bienvenu.

– Toi, l'âne blanc, tais-toi, toi, admoneste le malade, avant d'éternuer.

Il commence à pleuvoir. Keita tousse, et pointe son doigt vers un arrêt de bus, l'Arche :

– Rejoignons cet abri.

Nous marchons jusqu'à l'Abribus, désert, et nous asseyons sur un petit banc beige, dépourvu de dossier. Keita se racle la gorge et entrouvre le velours pourpre de ses lèvres fines sur des petites dents blanches :

– Dans les très Saintes Écritures...

Il s'interrompt, s'agenouille, se signe, se mouche et se redresse :

– Noé a trois fils. L'un s'appelle Cham. C'est le frère de Sem, l'ancêtre des sémites, vous connaissez, bien sûr.

La pluie devient diluvienne, un déluge. Un couple de chiens errants vient se réfugier sous l'abribus et s'ébroue sur le mollet de Keita. Zen et affaibli par la maladie, il se contente d'inspirer une grosse bouffée d'oxygène, puis d'expirer très lentement. Il laisse tomber sa tête dans ses mains, et éclate en sanglots :

– Cham est maudit car il a vu son père nu et ivre ! Dieu l'a puni... Il a maudi toute sa descendance, le peuple d'Afrique black... C'est écrit dans la Bible... Hérodote disait pourtant que l'Éthiopie était un continent proche des dieux ! Je ne comprends pas... Je me noie...

Ses larmes tombent à terre, claquent contre le sol.

Dix minutes de silence et deux bus plus tard, le déluge ne s'est pas arrêté. Keita, les yeux verts rougis, les glandes lacrymales asséchées, regarde vers le ciel, hagard, mélancolique, souffrant.

Une jeune Blanche lactée, à taches de rousseur, arrive dans l'Abribus avec un couple de canaris en cage. Son nez et son menton sont recouverts d'un pansement. Elle me dit :

– Je parie que vous êtes brésilienne.

– Même pas vrai, rétorqué-je.

Elle prend place sur le banc, entre Bienvenu et moi :

– Ah ? Moi en tout cas, je suis nantaise.

Elle sourit de toutes ses dents ; au vu de l'excellent état de sa dentition, je dirais que cette indigène ne dépasse pas les vingt-cinq ans, environ. Ces cheveux roux crépus... cette bouche rose cerise, en forme de banane... Ils ne me sont pas inconnus :

– Bon sang ! Alexandre Dumas ! Salope ! Je t'ai reconnue !

Je me lève brusquement, passe mes mains autour de son cou, serre. Elle se débat comme un veau qu'on traîne à l'abattoir :

– Salope vous-même ! Je vous remets. Et je m'appelle Hermenondine. Par votre faute, la CAF m'a contrainte à démissionner.

– Quoi ? compatis-je, desserrant la prise avant de me rasseoir. Raconte-moi ça, Hermenondine.

– Oui, renifle Hermenondine. Je leur ai raconté toute votre histoire et ils m'ont traitée de raciste : les authentiques étrangers, paraît-il, sont des réfugiés pleurnichards. Ou des menteurs sous-développés. Pas des gaulologues.

– Menteuse, moi, l'ambassadrice de Pocahontas ? C'est toi qui as changé Marie en clandestine ? C'est toi qui l'as effacée ?

– Effacée ? Non... Je n'y suis pour rien... Que voulez-vous... vos propos sur la Gaule étaient diffamatoires et votre dossier mensonger. Et votre menace de *ca't d'identité ch'omosomique.* Vous vous rendez compte ? Si le tiers-monde se mêle de politique eugéniste, où va-t-on ? Non mais, où va-t-on ? À cause de vous, ma vie est un enfer. J'ai remodelé mon visage, j'ai fait tatouer des taches de rousseur sur mes joues, je pense à changer de nom… Oh, non, non, ne me tutoie plus… je vais reprendre le nom de jeune fille d'Alexandre Dumas : Davy de la Pailleterie.

Je me tourne vers Keita, effaré par notre dialogue. Il regarde Hermenondine, se laisse absorber par son doux visage, oubliant presque le mien… Je le rappelle à l'ordre :

– Eh ! Cham, Noé… L'ancêtre des Juifs est-il une griotte noire ? lui demandé-je. Dieu a-t-il maudit les Juifs à cause de Cham le Noir ?

– Quoi ? Quelle griotte ? C'est qui celle-là encore ? Les Juifs ne descendent pas de Cham, voyons. Mais de Sem.

– Mais Cham est leur arrière-grand-oncle puisqu'il est le frère de Sem ! protesté-je.

– Les Juifs et les Noirs sont cousins germains, intervient Hermenondine. Les étalons noirs sont une menace biologique et les banquiers juifs une menace sociale. Et je ne parle pas des Arabes…

Les canaris piaillent et les chiens aboient : un vagabond d'âge respectable, noir comme un grain de vanille, nous rejoint dans l'Abribus. Il transporte un couple de hamsters trempés dans la poche droite de son vieil imperméable. L'homme se fige devant Hermenondine :

– Qui diffame le Juif ?

– Que vous importe, le houspille le lait écrémé.

– C'est de moi que l'on parle, proteste le grain de vanille d'origine antillaise (la vanille, pas le vagabond).

– Mais vous êtes noir, monsieur, lui révèle le lait écrémé.

– Même pas vrai, dit le vagabond. Prenez garde, jeune girafe : Hitler n'est pas mort.

– Que m'importe. Je ne suis pas juive.

– Prenez garde, répète-t-il, Hitler n'est pas mort. Il a mille visages. Il est éternel et omniprésent ; il est de toutes les races.

Les narines d'Hermenondine frétillent de rage, ses canaris piaillent de plus belle, les chiens hurlent à la mort et les hamsters frissonnent de peur. Je calme le jeu :

– Vous nous arrivez de Nantes, Hermenondine ? N'est-ce pas cet ancien port négrier recyclé dans les biscuits ?

La Nantaise lactée retient une larme :

– Merci... Voyez-vous, Nantes est chargée d'Histoire. Comme vous le savez déjà, je suis la petite cousine d'Alexandre Dumas, du côté de mon père, qui m'a d'ailleurs abandonnée, ce salaud. Mais mon trisaïeul maternel était un riche négrier juif et nantais, inventeur de la recette du tonneau fourré. Il engrossa une riche Négresse albinos, sur l'île de Gorée. Bref, je suis une Octavonne rousse... Quand l'esclavage fut aboli, ma famille se recycla dans la biscuiterie de Nantes avant d'être elle-même enfournée à Auschwitz.

– Ma douce, tu es donc nègre comme moi ! découvre Keita.

Hermenondine s'assied sur les genoux de Keita :

– Ah non alors ! Alexandre Dumas a eu assez de mal avec sa négritude... Balzac ne pouvait pas le piffrer ; quand il allait au théâtre, on disait : *ça pue le nègre* ; et l'un de ses ennemis, Eugène de Mirecourt, a écrit : « *Le physique de monsieur Dumas est assez connu : lèvres saillantes, nez d'Africain, tête crépue, visage bronzé. Son origine est écrite d'un bout à l'autre de sa personne; mais elle se révèle beaucoup plus encore dans son caractère. Grattez l'écorce de monsieur Dumas et vous trouverez le sauvage.»* Ah, comme ma grand-mère m'a soûlée pour que j'apprenne ça par cœur. Alors les nègreries tu vois, j'en ai ma claque. Moi, on me prend pour une Blanche, et j'y tiens. Mais tu me plais bien, tu sais... Ta peau est si noire qu'elle paraît bleue.

– C'est fort joli, tout ça, commenté-je, mais auriez-vous la recette des biscuits nantais, Hermenondine?

Intéressé, le vagabond vanillé s'assied à côté du lait écrémé.

– Zara, tu es machiavélique, s'indigne Keita.

– Machiavel s'est bien recyclé dans les biscuits florentins et les demoiselles Tatin dans les tartes aux pommes. Or, chacun sait qu'un biscuit ne peut être ni machiavélique ni négrier, même s'il est nantais. Auriez-vous la recette des BN, Hermenondine? Au chocolat de préférence.

– Non. J'ai seulement celle du tonneau fourré. Elle fait partie d'un important ouvrage sur la cuisine de l'esclave.

– Nous vous écoutons, Hermenondine Davy de la Pailleterie.

– Prenez un tonneau de chêne, pas trop gros. Décalottez-le, très délicatement. Garnissez l'intérieur de cinquantes lames acérées, rouillées, et d'un jeune Nègre élevé au grain. Fermez hermétiquement, et précipitez le tonneau ainsi farci du haut d'une colline. Il roulera cinq minutes, vous obtiendrez de l'émincé de Nègre vivant, à la sauce rouge. Pour une meilleure finition, renouvelez le jet de tonneau autant de fois que nécessaire pour que l'animal ne crie plus. Vous obtiendrez alors du hachis de Nègre Parmentier*.

Bienvenu vomit d'enthousiasme, le vagabond pleure d'ahurissement, je siffle d'admiration, Keita s'évanouit de stupeur. Hermenondine Davy de la Pailleterie, qui était assise sur les genoux de Keita, tombe par terre. Mais, mise en appétit, elle se relève rapidement et me demande :

– Et la recette des biscuits florentins ? C'est à votre tour, jeune Brésilienne…

J'allume une Marlboro, aspire une bouffée, et la souffle en signe d'ouverture d'une séance.

– Prenez du miel, des amandes émondées et grillées, des oranges confites coupées en dés, et versez dans des moules à tartelettes – pas plus de trois millimètres d'épaisseur. Recouvrez de chocolat noir fondu et laissez refroidir. Voilà.

Et chacun d'applaudir de soulagement et de murmurer d'approbation. Je fais la révérence, Keita se réveille, le vagabond consolé propose :

– Je peux vous donner la recette du poulet yassa si vous voulez !

De ceux qui l'ont écouté, aucun ne répond à son offre :

– Eh bien je ne vous donnerai pas ma recette ! Jamais ! Vous m'entendez ? Jamais ! Hitler n'est pas mort ! Hitler vous tuera ! Tous !

---

* Pour d'autres « recettes » encore plus sanglantes, on consultera un livre d'histoire ; car, hélas, Disney n'a pas encore rendu hommage à l'esclavage en racontant une romance entre Joséphine de Beauharnais, une belle Créole, et Toussaint Louverture, un bon Nègre. (N.d.A.)

Furieux, le vagabond quitte l'Arche, malgré le déluge. Quelques mètres plus loin, il glisse sur la crotte humide d'un des chiens errants : Dieu l'a maudit. Le déluge cesse. Le soleil se lève en compagnie d'un arc-en-ciel triomphant. Le couple de chiens errants quitte l'Arche, Keita vole au secours du vagabond, Bienvenu me souhaite une joyeuse Saint-Valentin, Hermenondine Davy de la Pailleterie ouvre la porte aux oiseaux puis chacun reprend son chemin.

16

De l'authenticité dans le règne nasal…

– Bonjour ! Bienvenue au Gymnasium ! Bonne séance !

Je ne répondrai pas à la gentille animatrice.

Je me réfugie dans les vestiaires. Je me déshabille, m'enduis le corps de beurre de karité des îles, et d'un soupçon de monoï parfumé. Tahitienne nue et gluante, je me couche dans le hammam, petit cube carrelé blanc et vide.

La lumière filtre à peine dans l'opacité de la vapeur tiède. Je regarde le plafond fixement, soûlée par la danse de ce brouillard sur ma tête. Peu à peu, je me laisse prendre dans le mouvement tourbillonnaire de ces longues traînées blanchâtres de gouttelettes suspendues. Je m'endors et je rêve de fonctionnaires tahitiens fraîchement lobotomisés. Merci, gouttelettes suspendues. Que mes rêves m'oublient.

Quelqu'un me secoue :

– Demi-Blanche ! Réveille-toi, réveille-toi !

J'ouvre les yeux sur une perruque blonde ; au-dessous, il y a Keita, le noble païen à demi paysan. Bienvenu l'accompagne. Ils sont assis à hauteur de mes fesses :

– Tu es rudement bien faite, me dit Bienvenu en souriant.

Avec mes deux mains, je couvre ce que je peux. Keita me démolit :

– Un peu maigre aux fesses à mon goût…

Un éclair de désir dans son regard dément pourtant la sévérité de son jugement…

Bienvenu me couvre d'une serviette fleurie. J'en fais un paréo et m'assieds entre les deux hommes.

– C'est le hammam des filles ici ! Cassez-vous…

– Je travaille au Gymnasium : j'entre où je veux, rétorque Keita. Aujourd'hui, c'est jour de repos pour moi. Viens tonifier tes muscles avec nous. Il y a un nouveau vélo à pédalier ergonomique. Son guidon antiglisse offre une préhension par-fai-te. Sa selle permet une fluidité idéale du mouvement en s'adaptant e-xac-te-ment à ta taille. Après, nous irons chez ma mère : elle nous a préparé du cassoulet.

– Je ne suis pas d'humeur à pédaler avec toi. Je dois rentrer à la maison préparer un dossier pour la préfecture. Je renouvelle ma *ca't de séjou'* dans une semaine…

J'éclate en sanglots :

– En plus… j'ai plein de problèmes avec la DDASS…

– Mère indigne, profère Keita, comment peut-on abandonner son enfant !

Je redouble de sanglots.

Une demoiselle nue, potelée, entre dans la vapeur du hammam et s'assied face à nous.

– Bonjour vous ! Vous me reconnaissez ?

Keita se lève et avance vers elle :

– Hermenondine ! Mais qu'as-tu fait de tes pansements, ma douce ?

– Enlevés ! Le résultat est plaisant n'est-ce pas ?

Keita approuve, je maugrée. Balançant gracieusement un petit sac en éponge blanche derrière son dos, la prédatrice s'approche de mon Keita, sur la pointe des pieds. Elle lui présente son profil droit, et pose son index sur l'arête de son nez :

– T'as vu ? On m'a retiré trente-huit pour cent de cartilage nasal. Et on m'a implanté un bout de menton. J'en rêvais depuis que j'ai dix ans.

Keita s'assied à côté de Bienvenu. Ils lorgnent le postérieur d'Hermenondine Davy de la Pailleterie. Rêveur, Keita lui demande :

– Es-tu stéatopyge ?

– Plaît-il ? répond-elle, effarouchée.

– Viens un peu par là, lui ordonne-t-il doucement, on va vérifier l'amplitude de ton postérieur.

La dinde approche en glougloutant.

– Tourne-toi, ordonne Keita.

Elle présente son arrière-train. Je m'assieds entre les deux hommes. Ils m'ignorent. Keita incline la tête à droite puis à gauche afin d'évaluer, avec le plus de précision possible, le périmètre fessier d'Hermenondine Davy de la Pailleterie. Bienvenu est hypnotisé. Incommodée, je me bouche le nez : elle pue la Vahiné de Prisunic ; moi, je sens bon la Tahitienne d'Ushuaia ; son monoï doit être à la noix de coco rancie ; le mien est à la fleur de tiaré fraîche.

Keita défaille ; il bafouille devant les fesses de la Vahiné :

– Non... je ne peux pas dire...

– Comment ? Mais tâte donc ! intime Hermenondine, soudain autoritaire et préfectorale.

– Je... je ne peux pas...

Déçue, Hermenondine s'assied sur les genoux de Keita. Il sursaute :

– Hermenondine ! Attention ! Je suis pénisopyge : j'ai un gros sexe.

Impassible, elle sort un pot de crème de son petit sac en éponge blanche et se tartine les cuisses :

– Cette crème est absolument très bien. Elle chasse les mauvaises rondeurs. Voyez comme elle sent bon la menthe et la cannelle.

Hermenondine met son bras sous le nez de Keita et me conseille :

– Tu devrais essayer, Zara.

– Pas besoin…

Elle s'emballe les cuisses dans un film plastique favorisant la sudation, et, métamorphosée en tas de viande emballée sous cellophane, elle s'allonge par terre, replie ses bras sous sa nuque, redresse ses genoux, et creuse ses reins :

– J'utilise cette crème stéatocide depuis un an. Elle tue la graisse.

– Quelle posologie ? lui demande Keita.

– Une noisette sur chaque cuisse tous les deux jours pendant une demi-heure… Ah, ma peau est à nouveau tendue, lisse. C'est magique ! Voyez comme j'ai retiré ma vilaine culotte de cheval et enlevé ma vilaine peau d'orange. Touchez…

Ravi, Keita s'agenouille et palpe le haut de ses cuisses. Bienvenu s'agenouille à son tour pour admirer le galbe de ses hanches.

N'empêche… elle est toujours plus grosse que moi. Beaucoup, beaucoup plus grosse… et moins ferme. Je me lève et pars aux vestiaires pour fouiller dans mon sac de sport. J'en sors un paquet de Carambar. J'enfile un maillot de bain fuchsia, très échancré, et je retourne dans le hammam. Je propose un caramel à chacun de mes trois compagnons. Hermenondine prétexte une allergie au sucre blanc. Je déballe un Carambar, et le suçote bruyamment. Je lui adresse un sourire et allonge mon poids plume à côté de son poids plomb.

La tueuse de graisses me lance un regard de cocker sous-alimenté :

– J'ai tant de mal à trouver la bonne équation d'énergie calorique...

Elle se retourne sur le ventre, et regarde de l'autre côté. Keita, soudain nostalgique, caresse doucement son fessier :

– J'ai perdu mon Éden. Hermenondine ? Connais-tu mon Afrique ?

– Mon aïeule était albinos de l'île de Gorée mais... je ne suis jamais allée chez les Africains. Et toi ?

– Moi non plus ; mais j'en ai reçu beaucoup de cartes postales. Tu verras, je t'emmènerai sur la terre originelle.

Il dépose un baiser sur la croupe d'Hermenondine. Je m'interpose :

– Méfie-toi jeune fille, l'Afrique n'est pas un endroit pour les demoiselles ; elle est originelle : c'est la terre hostile des primates et des primitifs.

– C'est ce que j'ai appris à la CAF. Mon aïeul Davy de la Pailleterie sauva pourtant quelques esclaves : ne racheta-t-il pas son fils Dumas après l'avoir vendu à un planteur ?

– Tu confonds l'Afrique et Haïti... Ton aïeul de Haïti n'était qu'un chasseur de Nègres déportés, ma pauvre fille.

– Zara, un peu de respect ! crie Keita. N'insulte pas les Nègres ! Car l'aïeul de Bienvenu en fut un : c'était un esclave.

Bienvenu se lève et empoigne Keita par sa perruque blonde.

– C'est ton ancêtre qui le vendit au négrier nantais ! Salaud !

– Mon parent n'avait pas le choix ! proteste Keita. Sinon, comment aurait-il payé l'impôt de capitation à l'administrateur colonial ? De plus, tu sais bien que ton aïeul n'était qu'un Bamiléké...

C'est le début d'une insurrection. Avant de prendre la fuite j'avoue :

– Et moi, je suis cannibale.

Je les laisse à leur lutte tribale et file sous la douche.

17

De la comptabilité dans le règne numéral...

J'ai dix-huit ans.

Je viens de réussir mon bac.

Une nuit, un diable blond m'apparaît en rêve :

– Mon enfant... il faut rejoindre Mya, Ninon et Camille à Paris.

Le lendemain, je mendie un passeport au consulat français à Genève. Papa était citoyen-colon : je dois le prouver en justifiant de sa résidence en France en 1960. Le tribunal d'instance me répond :

– Mademoiselle, qui vous prétendez française... L'État français reconnaît qu'en 1960, votre père était marié chez nous, que quatre de ses enfants sont nés sur notre terre et que l'un de ces quatre enfants français est même né en 1960, dans notre belle capitale. L'État français veut bien admettre que votre père habitait chez nous en 1960.

– Merci.

– Pas de quoi. Cependant, chère mademoiselle qui vous prétendez française, si votre père habitait bien en France, rien ne prouve qu'il y résidait. Des présomptions... rien que des présomptions...

Je reste en Suisse.

Au vu des résultats de mon baccalauréat, le directeur de mon école me jette en pâture à l'École des hautes études commerciales de Lausanne. C'est bon pour ses statistiques.

HEC, c'est un bloc carré de béton sans pigments, mêlé de verre transparent et de tôle métallisée. L'école inodore et incolore se dresse sur un ancien terrain agricole, à côté du lac Léman. Elle avoisine une grange qui sent bon la paille humide, et une immense prairie verte et lumineuse, tondue par des moutons. Sur l'herbe, des fleurs jaune soleil s'épanouissent tout l'été, à perte de vue. Et des moutons bouclés font caca dedans. Car parmi les futurs cadres dynamiques, moutons de Panurgie, il y a des moutons bouclés comme moi, le mouton noir.

Plus loin coule une petite rivière, fraîche et transparente ; un petit pont de bois pourri et mouillé la chevauche hardiment. Dans l'eau qui court, de gros cailloux gris et lisses sont endormis.

Il y a aussi les pains au chocolat de la cafétéria.

Qu'est-ce que la vie sans les moutons et les pains au chocolat ?

J'assiste, très épisodiquement, à des cours prodigieusement ennuyeux. En signe de deuil, je revêts une grande cape grise et un borsalino de feutre. Avec ma petite Renault cinq rouillée, couleur caramel, je forme un convoi funèbre. Le corbillard me dépose dans le parking de cette grande école ultra-chic, ultra-moderne et tout en angles, tellement propre qu'on sentirait presque l'odeur vivifiante de l'eau de Javel qui tue tous les microbes.

Je m'enterre au fond d'un siège de plastique beige, au dernier rang de l'amphi ; un P.-D.G. de trente-cinq ans, déjà chauve et fripé, nous initie frileusement à la comptabilité analytique, aux mathématiques financières, à l'intégration européenne. Je tends l'oreille, espère le bruit d'une mouche volante, ou écrasée :

Splatch c'est plus rigolo que *Bzzz*. Parfois, Zao chante dans mon baladeur :

Quand viendra la bombe, tout le monde bombé ô !
Ton pays, bombé.
L'ONU, bombé.
Mes bœufs, bombé.
Mes moutons, bombé.
Mon cuisinier, bombé.
Tous les cuisiniers, bombé.
Ma femme, bombé.
Le taximan, bombé
Les hôpitaux, bombé.
Les poulaillers, bombé.
Mes coqs, bombé.
Mon chien, bombé.
Ma poitrine, bombé.
Tout le monde est, bom-barrre-dé !

Sauf HEC malheureusement…

L'école a son centre sportif, au bord du lac. J'y ai le droit de séjour, car j'en ai la *ca't* d'accès. J'y impose mon grand écart, malgré ma tendinite. Avec des copines, on a monté une troupe de ballet jazz, on nous paye pour danser : je suis plus dancing machine en vacances que golden girl en couveuse.

Ça dure trois ans.

L'été de mes vingt et un ans, Marie Crevette entre dans mon ventre via un Anglo-Mexicain, Jonathan Smith. Mais sa vocation, c'était les Indiens d'Amérique ; alors, il m'a quittée pour aller leur vendre du Coca-Cola et tomber amoureux de Powhatan, la descendante de Pocahontas, à la quatorzième génération… Si. Mon désespoir fut si grand que, par une belle journée de septembre, je chargeai ma Renault cinq, la belle pirogue de mon expédition : tel Jonathan Livingstone, porteurs en moins, nausées en sus, je partais explorer les rives d'un marigot, la Seine, et gravir le mont préfectoral, où je ratai la prise de la *ca't de séjou',* mais obtenai la *ca't du Gymnasium,* et aussi une *ca't d'étudiant en maîtrise* à l'université Paris-IX, Dauphine.

18

De la nativité dans le règne péridural...

J'ai vingt-deux ans.

J'accouche de Marie dans quinze jours. Je n'ai pas de sécurité sociale : depuis mon ratage de l'ascension préfectorale, il y a sept mois, je suis étudiante parisienne, mais très très clandestine.

Est-ce qu'on me laisserait accoucher sur le trottoir ?

Je prends le train pour Genève. On est en mai, je reviendrai à Paris en juin pour passer ma maîtrise, et je repartirai ailleurs : les étudiants étrangers travaillent à l'étranger. Ça tombe bien, j'ai des entretiens d'embauche à passer à Genève, le 14 mai. Marie débarque le 10. Je compte sur sa ponctualité : mon curriculum vitae proclame que je suis célibataire ; il ne confesse pas que je suis enceinte.

Le 3 mai au soir, Marie bouge dans mon ventre, devant le journal télévisé de Poivre d'Arvor, l'animateur préféré des Suisses romands. L'empreinte d'un poing, d'un talon, d'un orteil, soulève la peau de mon ventre. C'est comme un massage de l'intérieur. Marie est annoncée dans une semaine. Aura-t-elle la patience d'attendre ?

Non : Marie est un fruit mûr qui cogne à la porte de la vie.

Deux heures plus tard, j'arrive à la maternité.

Marie frappe dans mon ventre, mais la porte reste close.

Une sage-femme me recommande de marcher dans le couloir ; il paraît que ça aide les bébés à descendre. Je marche une, deux, trois heures, pour ouvrir la porte et inviter Marie à la passer. Mais Marie, réfractaire à toute forme de *ca't,* et surtout les *ac't* de naissance, s'est barricadée dans mon ventre.

– Rentrez chez vous, mademoiselle, c'est une fausse alerte.

À la maison, je me glisse dans des draps frais. La douleur monte doucement. Avant qu'elle ne culmine, les heures s'égrènent, tranquillement. Elles coulent, lentement, comme un limon, une boue épaisse. Puis, elles ne passent plus : le temps se fige, la boue est prise dans les glaces. Il n'y a plus d'espace, il n'y a plus de temps. Il n'y a plus que la douleur ; elle est plus forte que moi.

Je regarde le plafond, les yeux grands ouverts. J'ai perdu la raison, je n'entends plus qu'un souffle, j'oublie que c'est le mien. Non, je n'accouche pas : il fait nuit, le monde dort, donc je n'accouche pas ; c'est impossible. Je suis juste une grosse baleine, qui n'arrive pas à péter. Je ne suis plus qu'un corps déchiré, distendu et muet.

L'aube se lève avec le soleil. Maman entre dans ma chambre. Elle me parle ; je ne comprends rien ; je ne lui réponds pas.

Elle prend mon bras pour me sortir du lit. Elle me traîne dans les escaliers. Elle me pousse dans la voiture. Il paraît qu'il est onze heures du matin.

Je pleure.

On arrive à la maternité. Un infirmier accourt avec une chaise roulante. Il me pousse jusqu'en salle de travail. Je m'accroche à la blouse blanche d'une sage-femme anonyme pour réclamer :

– … péridurale…

– Non, mademoiselle. C'est trop tard. Il faut pousser maintenant.

Pousser ? C'est inconcevable : je suis une poule mouillée. Mais pousser, je n'en aurai pas besoin. Marie s'est bien approchée de la porte, qui, cette nuit, s'est ouverte lentement, presque en couinant, tellement les gonds étaient mal graissés : la vie trouve toujours un chemin, même dans un corps inerte. Mais Marie a besoin d'aide, pour ces derniers centimètres, cet espace infini. La prison de mon corps poussera pour elle. Mon corps me prend la main, de force. Un spasme gigantesque, ma tête projetée en arrière, les veines de mon cou qui se dilatent, mes cordes vocales qui explosent. Marie lâche les armes : la résistante cède, se libère de moi, et me libère d'elle. On la pose sur mon ventre, elle ouvre sur moi de grands yeux bleu marine tout étonnés. Il est midi, elle n'a pas faim.

14 mai : le jour J, le D day, mon débarquement à moi. J'enfile ce tailleur un peu sombre. J'ai cinq kilos de trop : mes fesses sont presque rembourrées. Le débarquement aura lieu dans une grosse société de consulting américaine, très mode, très chic. Tous les ans, elle recrute huit ou dix jeunes diplômés des grandes écoles. L'embauche serait pour fin octobre. À cette époque, Marie aura presque six mois. Parfait.

J'arrive au pied du grand immeuble abritant la crème du libéralisme sauvage. Je monte au sixième étage. Deux jeunes loups aux dents longues et aux joues roses m'accueillent, m'invitent à prendre place dans un petit salon.

Entretien bateau, entretien fleuve, en anglais s'il

vous plaît. Oui, j'aime la lecture ; oui, je fais beaucoup de sport. Oui, mens-je, j'ai fait partie d'une association d'élèves qui organisait des *parties* et imprimait des *ca't de visite.*

Entretien réussi, malgré ma démarche mi-crabe, mi-canard, et les gouttes de lait qui trempent mon soutien-gorge. Je ne leur ai rien dit. Ils n'y ont vu que du feu.

Je retourne dans ma clandestinité gauloise, avec Marie Crevette. Je passe mes examens de maîtrise, je vais chercher mon diplôme. Au revoir Paris, bonjour Genève.

Chez les consultants, je travaille dix à quatorze heures par jour, en moyenne. Parfois, je pars en mission si loin qu'il faut dormir à l'hôtel. Avec mes francs suisses, je me gâte, je nous gâte, un peu trop même. C'est trop facile, trop compliqué, trop confortable, trop détestable. Je reste deux ans et je change de boîte.

J'intègre alors le top des banques américaines : on n'ouvre pas un compte à moins de deux millions de dollars. Les banquiers sont originaires de tous les pays : la multinationale affiche le masque satisfait de la mondialisation. Sur les rapports émis par la banque, la *ca't du monde* est revue et corrigée : il n'y a pas d'Afrique. Elle n'existe pas, excepté dans les millions de dollars de ce client nigérian, ou de cet autre congolais.

Le matin, il y a les *morning meetings* : les banquiers commentent l'Actualité universelle et son incidence sur les cours des titres, actions, obligations et autres options à terme. Un banquier, aztéco-hispano-colombien, rassure : *Mais non. Pas du tout. Ce groupuscule d'Indiens révoltés n'occasionnera aucune perte de confiance du marché dans l'entreprise des téléphones mexicains. Absolument pas, pas du tout.*

Dix jours plus tard, les cours s'effondrent. Bien fait.

Une Suissesse, fille d'Italiens immigrés par là quelques décennies plus tôt, est jalouse de sa collègue tchèque, plus belle, et moins bête. C'est vraiment pas juste. Mais, heureusement pour le petit laideron, elle est juive, la belle Tchèque. Alors, dans son troisième ou quatrième menton, la fille d'immigrés, brune teinte en blonde, bougonne :

– Hitler avait raison… faut tous les gazer, ces sales *Juifs…*

Six personnes entendent le venin : une sale Brune brésilienne, un sale Brun italien, deux sales Roses suisses, un sale Beige américain et une sale Juive polonaise. La Polonaise est née en Suisse ; mais, m'expliquera-t-elle, elle cache sa judaïté : elle a tellement vu sa grand-mère pleurer, que non, il ne faut pas que ça se sache ; les *ca't de judaïté,* ça n'existe pas, ça n'existe pas.

Prière de cacher la judaïté, l'homosexualité, et la noireté dans le domaine privé pour ne pas troubler l'ordre public. La Polonaise juive peut cacher sa judaïté. Heureusement qu'elle n'est pas noire ; la noireté trouble forcément l'ordre public : elle se voit. Méfiance : un Noir avec une peau d'ébène et une boule de cheveux crépus sur la tête, forcément, il revendique quelque chose, même s'il n'a rien dit. Qu'il blanchisse, pour militer avec les Fascistes, les Gays homophobes, et les Juifs sémitophages ; ou que les Mulâtres remplacent les Nègres : pour les enfants, le café au lait c'est plus doux que le café noir, même si c'est pas tout à fait du lait.

Moi, je suis une *Black acceptable.*

Black, c'est mieux que *Noir*: ça sonne presque *Blanc,* à une lettre près. Mais pour *Juif*, on n'a rien qui sonnerait *Blanc,* ou *Blond.*

Et vive la Cinquième République.

Hitler avait raison… faut tous les gazer ces sales Juifs…

Personne ne répond à la bave du crapaud : personne n'a rien entendu. Je somme : *ferme ton clapet s'il te plaît.* Non. C'est pas vrai. Je l'ai directement traitée de *connasse*, sans sommation. Elle m'a répondu que… qu'est-ce que ça peut bien me faire ? Je n'ai pas de *ca't de judaïté* non !

Trois mois plus tard, j'emmène Marie Crevette en vacances de Noël, au Gabon. Nous déjeunons sur la terrasse, avec un martin-pêcheur. Je travaille à la banque depuis deux ans. Ma vie que je gagne si bien à m'ennuyer, je sens qu'elle m'échappe, me glisse entre les doigts : c'est une vie sablonneuse. Marie a quatre ans. Faudrait pas que ma fille grandisse niaise, dans un cocon de poussière.

Je prends un papier, griffonne ma démission, et la faxe à mes patrons.

19

De la raélité dans le règne patrimonial…

J'ai vingt-six ans.

J'ai plaqué la banque il y a huit mois. Je débarque à Paris, pour la deuxième fois. Ninon m'héberge quelques semaines, le temps que je trouve un appartement meublé. Sans *ca't de séjou',* je suis illégalement inscrite dans deux facs : anthropologie sociale et stratégie marketing.

Je cherche une école maternelle pour Marie. L'été se terminant, il n'y a plus de place dans les écoles publiques ; de toutes façons, pour que la mairie accepte une inscription, il faut un *vrai* domicile ; je n'en ai pas. Je consulte donc les pages jaunes où je trouve une école dirigée par des bonnes sœurs. Moi qui suis allée chez les curés… Adjugé vendu : Marie ira. L'école fixée, je cherche un deux pièces meublé. Et la *ca't de séjou'* ? Et le centre des étudiants étrangers de la préfecture ? Ça n'existe pas. Ça n'existe pas.

Dans un journal, on propose un petit meublé, à trois cents mètres de la future école de Marie. On l'annonce clair, propre, prix justifié. Je ne chipote pas : j'ai encore des francs suisses.

Il n'y a pas d'ascenseur, je monte à pied. Au cinquième étage, je trouve une porte ouverte. Un grand Viking trapu et moustachu, à demi blond, à demi roux, à demi nu, apparaît sur le palier et m'invite à entrer. La visite est rapide : le deux pièces meublé est un gourbi avec un petit vestibule, et une chambre aveugle assez grande pour un lit une place. Les murs sont gris sale. L'homme m'explique qu'il veut les repeindre en jaune propre à peu près propre : il n'est pas peintre, il est enseignant dans un lycée de bonne banlieue. On discute un moment. Il me gave de sourires surfaits. Ses grandes dents grisâtres se chevauchent sous son épaisse moustache jaunie par le tabac. J'abrège :

– Merci monsieur, mais ça n'est pas ce que je cherche.

– Ce studio est un peu juste, vous trouvez ? Mireille, la propriétaire, le loue pourtant à des clandestins par groupe de trois ou quatre. Mireille est altruiste ; elle aurait voulu faire carrière dans l'humanitaire. C'est ma meilleure amie, presque une sœur. Elle suit un stage de yoga en ce moment. La pauvre… elle a perdu son mari, il y a deux ans… il lui a laissé une assurance sur la vie…

– Mais l'argent ne peut pas tout n'est-ce pas ?

– Bon. Si vous ne voulez pas ce studio, nous avons peut-être quelque chose pour vous : un grand deux pièces de soixante-cinq mètres carrés à Saint-Fargeau.

Il promène une main velue dans ses longs cheveux filasses et reprend :

– Pour le moment, il est occupé par un homme d'affaires américain très malade ; il est venu se soigner à Paris. Mais Mireille s'est engueulée avec lui. Elle va sûrement le virer, ce rustre ; il n'a pas de contrat de location. Mais cet appartement est un peu plus cher.

– Comb…

– Trois mille la semaine, dix mille le mois.

Je ris :

– Ha ! Ha ! Trop cher.

– Faut voir. Ne partez pas ! On peut s'arranger…

Venez ce soir, 8 heures, au 5, villa des Otages, dernier étage. Mireille sera là.

– Mais son stage de yoga ? Et le malade américain ?

– Il est parti.

– Il est mort ?

Le soir venu, je confie Marie à Ninon et me présente au rendez-vous. C'est, au sixième et dernier étage d'un immeuble en pierre de taille, un beau deux pièces mansardé, moderne et clair. Les poignées des portes et des armoires sont en bronze sculpté. Le couvercle et la lunette du W.-C. sont peints de figures géométriques, multicolores et laquées : chiottes de star pour nobles crottes. Il y a, dans la cuisine américaine, une cuisinière électrique à induction.

Mireille est là : Rose brune aux cheveux courts et aux habits noirs. Elle arrange un bouquet de berce velue sur une console de laque noire. Elle tourne vers moi deux petits yeux ronds, noisette et rieurs :

– Voyez cette ombellifère à fleurs blanches. Elle provient directement des Alpes. Je l'ai fait cueillir pour vous, qui nous arrivez de Suisse.

On s'assied au salon, sur des transats en toile bleue.

On négocie :

– Dix mille francs français, dit Mireille, ça n'est jamais que deux mille cinq cents francs suisses…

– Je suis étudiante étrangère : la loi m'interdit d'exercer un métier en France ; mes économies seront mes seuls revenus…

– Très bien mademoiselle. Va pour sept mille… Mais un mois seulement. Je vous fais quand même une fleur. On vous invite à manger une crêpe avant de signer le contrat ?

– Avec plaisir, Mireille.

Il me faut ce contrat. Le Viking me regarde, satisfait. Ses yeux brillent. Non, ils dégoulinent, ils suintent. Sa lèvre inférieure pendouille.

Quelques crêpes au sarrasin et trois heures d'amabilités plus tard, on signe le contrat, je laisse vingt mille francs de caution, et ils me laissent partir. Je rentre chez Ninon. On déménagera le lendemain.

Je m'installe, l'enfer commence : le Viking a la manie de la glu. Plus je me refuse, plus il s'humilie : supplications téléphoniques tous les jours... Il fait sa publicité :

– Je suis raélien.

– Raël ?

– C'est un prophète. Il a tout compris. Ceux qui ne viendront pas à lui seront foudroyés. Mais toi, Zara, toi, tu *peux* comprendre...

Il étale la vie de sa sœur :

– Mireille est une lesbienne refoulée, la pauvre. En ce moment, elle suit un séminaire d'épanouissement personnel.

Le bail échu, Mireille est injoignable.

Je quitte l'appartement et laisse mon nouveau numéro de téléphone au Viking raélien. Et ma caution de vingt mille francs ? En développement personnel aussi, sur un des comptes bancaires de Mireille. Je lui envoie une lettre polie ; une autre ; encore une autre. Rien. J'interroge le Viking ; il fayote : au début, Mireille n'avait pas peur de moi ; elle voulait juste m'aider, moi, la frêle jeune mère abandonnée, avant que je ne retourne dans mon pays, là-bas, en Afrique.

Deux mois passent. Mireille ne répond pas au téléphone. J'appelle le Viking : il m'explique que mes lettres perturbent Mireille. Et puis elle ne comprend pas comment on peut venir de Suisse, alors qu'on vient d'Afrique. Je menace :

– Vous lui direz que... avocat... plein le cul... point... *Adieu.*

Deux mois plus tard, un mystérieux animal blessé laisse un message sur mon répondeur. Après le bip, Mireille pousse un râle tuberculeux, souffle une adresse sans nom, et une heure de rendez-vous anonyme, le lendemain. Elle se racle la gorge et raccroche.

Le lendemain, je me rends à ladite adresse : immeuble cossu, 45, rue de la Faisanderie, dans le XVIe arrondissement. Je sonne au hasard à l'interphone : Bonjour c'est avec vous que j'ai rendez-vous ? Non, non, non et non. Oui, enfin.

Je m'installe dans la salle d'attente d'un cabinet d'avocats. Quatre bronzes animaliers, des cervidés, gardent décorativement la pièce. Des tapis persans recouvrent une moquette en trompe l'œil de marbre. La moquette bouloche.

Une demi-heure plus tard, un avocat, un genre de gros nounours blanc, me convie dans son bureau. Il regarde le lacet défait de mes baskets ; il doit me prendre pour une jeune rappeuse délinquante :

– Mireille n'est pas là. Comprenez-la. La mort de son mari... Je suis son ami : vous rencontrer est un service que je lui rends.

Le téléphone sonne.

– Excusez-moi, jeune fille... C'est sûrement elle.

Il décroche le combiné gravement :

– Oui, oui, elle est là. Ne t'inquiète pas, Mireille... Ça va aller, ma chérie : j'en ai pour dix minutes tout au plus. Je te rappelle quand c'est fini...

Il raccroche. D'un tiroir, il sort un document très,

très, très compromettant : une feuille manuscrite, dont l'écriture, ronde et enfantine, est rédigée à l'encre violette. En haut de la feuille, Mireille a soigneusement écrit : *État des lieux fait devant tous les témoins.*

État des lieux fait devant tous les témoins raconte l'histoire d'une méchante sorcière, moi, qui balançait des litres de chocolat sur les murs du cabanon de Blanche-Neige, elle, rien que pour l'embêter. La sorcière avait même arraché plein de poignées en bronze des portes et des armoires. Les témoins n'ont pas signé le papier officiel. Mireille non plus. Ils ont dû oublier.

J'éclate de rire. L'avocat ne rigole pas du tout : on ne sait jamais, les nounours, ça pourrait peut-être m'effrayer. Menaçant, l'ursidé en peluche sort de son tiroir une autre lettre à l'encre violette. Elle m'est personnellement adressée par Mireille : Blanche-Neige vomit sur Blanche-Nègre. Il lui a fallu trois pages : Ah. Comme j'ai été nulle de passer à côté de cette grande histoire d'amour avec son Viking et avec le prophète Raël. S'ensuivent les coups d'élan mystiques : Yoga, Spiritualité, Amour, Dieu, Amour, Vérité. Chèque de sept mille et on n'en parle plus OK ?

Nounours sort ledit chèque de son tiroir.

– Rendez-vous compte. C'est très généreux…

Il brandit le dessin violet de l'état des lieux :

– Après ce que vous avez fait !

J'ai rien fait. J'aurais dû. M'en fous. Veux mon fric : vingt mille. Un point, un trait.

Je prends une avocate : une jeune et frêle Marika. Deux mois plus tard, Mireille recrache : mes sous, les intérêts, les honoraires de mon avocate et ceux de son épouvantail plantigrade.

20

De la postmodernité dans le règne babal…

J'ai vingt-sept ans.

Marie a fêté ses cinq ans, et brillamment réussi son année scolaire: elle passe en maternelle supérieure. Moi, je n'ai toujours pas mon diplôme de *ca't de séjou'*. Je ne me suis même pas présentée aux examens de passage en séjour supérieur. Je vais redoubler mon année?

J'y vais.

Il y a du monde au centre des étudiants étrangers. Une foule innombrable s'est inscrite à la session d'automne des examens de passage en séjour supérieur. Y a-t-il un charter caché dans les W.-C.?

Non, je ne peux pas.

Je m'en vais.

Je redouble et retourne dans le cocon douillet de ma clandestinité.

Par un beau matin de mars, les vacances scolaires sonnent à ma porte et m'emmènent à Genève. Dans le TGV, je réfléchis. Le résultat de la réflexion, c'est la soumission, par le choix: je me résouds à me livrer à la préfecture.

Je demande un visa sur mon passeport gabonais, au consulat de France à Genève; au passage, je demande si, Marie et moi, on ne pourrait pas, par hasard, avoir des papiers français: c'est plus simple que les papiers suisses quand on est née à Bruxelles ou que les papiers gabonais quand on est née à Genève, vous comprenez?

Ils me donnent un visa. On rentre à Paris.

Je me présente au centre des étudiants étrangers de la préfecture : examens de rattrapage ; peu d'inscrits à cette session de printemps : les salauds… ils ont tous réussi leurs examens en septembre. L'atmosphère est plus détendue qu'à l'accoutumée. Non, la préfecture, ce jour-là, n'est pas la brute épaisse de mes pires cauchemars : les examinateurs sourient.

Je m'avance vers l'homme du dernier comptoir. Sa chemise à carreaux rouges et verts est ouverte sur une peau dorée à poils bruns et torsadés. Il porte une chaîne en or. Son regard noir et pétillant éclaire un visage pâle et osseux. Il a les cheveux en bataille. C'est un baba cool postmoderne et préfectoral.

Il me sourit. Nous commençons l'examen oral : oui, je suis née ; absolument, Papa m'a déclarée, reconnue, et le chevalier triple et belge, déjà, m'a tamponnée. Le geste leste, je dépose mon acte de naissance belge, mon passeport gabonais et ma *ca't d'identité* suisse sur la table française, sous les yeux de mon examinateur. Le baba cool ramasse les documents et m'envoie au premier étage, où se déroulent les épreuves écrites.

Je remplis un formulaire, et le dépose sur le bureau d'une examinatrice grêle et beige. Les yeux baissés sur ma copie, elle me demande mes certificats de scolarité, justificatifs de ressources et de domicile. Je les lui tends et, sans lever un œil vers moi, elle les déchiffre en hochant la tête.

Je sens que je l'aurai, mon diplôme.

Pour la mention, je lui raconte encore comme la France c'est doux et tellement beaucoup meilleur que tout le reste du monde et tout et tout et tout comme ça comprenez-vous. Elle me jette un regard glacé…

J'espère que j'aurai quand même la mention très bien.

Elle réunit ma paperasse, se lève et m'invite à redescendre avec elle. Nous arrivons en bas, elle me demande de patienter sur un siège et rejoint le baba cool préfectoral. Ils délibèrent…

Vingt minutes plus tard, aucune nouvelle ; je suis prostrée dans mon siège. L'examinatrice remonte à l'étage. Baba cool m'appelle. Je me lève et avance vers lui, les jambes flageollantes. Il me remet un papier.

La *ca't de séjou' étudiant* ! Je l'ai ! Je l'ai ! Mention passable seulement.

– Félicitations. Vous serez convoquée à l'OMI cet été, pour un contrôle médical. Dans un an, il faudra renouveler votre carte.

M'en fous. Examen réussi : j'ai ma *licence-ca't de séjou'*. Bon, ce diplôme ne dure qu'un an. Bah. Après je passerai la *maîtrise-ca't de séjou',* et puis ensuite le *DEA-ca't de séjou'.*

Après ? Je m'inscrirai en *thèse-cat' de résident* ; avec cette *thèse-ca't,* on en prend pour dix ans. Je finirai par une *thèse d'État-ca't d'identité.* Avec celle-là, on en prend pour toute la vie.

21

De l'émotivité dans le règne lacrymal...

Dans deux jours, c'est terminé: la *ca't de séjou'* que m'a attribuée le baba cool préfectoral il y a un an sera échue.

Le danseur de tango argentin de Château-Rouge et du *V.I.P.* ne m'a pas téléphoné. Nul *ma'i de 'ace f'ançaise* en vue. Je n'ai pas d'autre choix que celui de renouveler ma *ca't de séjou'*. Mais sur quel passeport ? Et pour Marie ?

Je m'assieds par terre. Un Carambar qui ramollit sur ma langue m'aide à réfléchir. Il est bientôt assez élastique pour que je le torde en tire-bouchon. Et si j'appelais la préfecture de la cité ? Elle commande le centre des étudiants étrangers, elle sera de bon conseil.

01.53.71.51.68. Une demoiselle répond poliment. La peur me paralyse: est-elle téléphobe ? Si oui, j'enverrai un télégramme ou un télégraphe; j'entamerai même une procédure de télépathie, s'il le faut.

– Bonjour madame. J'appelle pour le renouvellement de ma *ca't de séjou'*.

– Vous êtes de quelle nationalité ?

– Je suis de double tribalité gabonaise et suisse; mais j'ai une *ca't de séjou'*, plus une petite fille sur mon visa.

– Votre carte de séjour, sur quel passeport ?

– Gabonais.

– Quoi ? Mais votre enfant est clandestin si vous êtes gabonaise !

Ciel. Marie est donc envahisseuse de race extraterrestre. Et les ethnies extraterrestres sont les immigrés de la pire espèce.

– Mais je renouvelle ma *ca't de séjou'* dans deux jours et…

– Refaites-la sur le passeport suisse : votre enfant sera en règle. Au revoir.

Gabonaise, je suis hors la loi : serait-ce le côté obscur de la force ?

Suisse, je suis en règle : serait-ce le côté clair de la force ?

J'en aurai le cœur net. Je rappelle :

– Bonjour, je suis étudiante étrangère et…

Un monsieur alsacien répond :

– Mais c'est très bien ! Vous êtes allemande ?

– Non.

– Canadienne ?

– Vous avez tort, monsieur l'Alsacien.

– Belge ?

– Je suis née en Belgique. Ma mère est suisse et mon père gabonais.

– Alors vous avez les trois accents. Voilà.

– Voilà. Très bien. Je veux renouveler ma *ca't de séjour.*

– Vous êtes une Suissesse intelligente.

– En plus, j'ai avalé un Carambar et… j'ai mal à la tête et…

– Vous êtes noire ?

– Oui, mulâtre : cheval blanc racé mâtiné d'âne noir bâté.

– Mais vous êtes quand même très sympathique.

– C'est parce que je suis planétologue.

– Planétologue ?

– Comment ?

– Vous venez de dire que vous étiez planétologue.

– Moi ? Mais... non... c'est pas possible... je... La banane plantain se marie très bien avec la dinde de Noël. Vous saviez ?

– Ah.

– Et même avec le foie gras.

– Si vous le dites.

– Mais des quenelles de banane plantain, c'est plus chic que des rondelles de patate douce ; avec le foie gras poêlé je veux dire... Excusez-moi... je m'emmêle un peu : ma tête me fait souffrir... Vous me comprenez, vous, n'est-ce pas ? Si vous aussi vous avez mal à la tête, prenez cinq cents grammes de Doliprane en comprimés, pilez, mélangez à un peu d'eau et appliquez ce baume végétal sur la tête...

Il me raccroche au nez. Je pleurniche, je renifle et je me relève pour aller sécher mes larmes à la salle de bains. Dans la glace, j'aperçois une femme en deux dimensions. L'inconnue est vêtue d'une combinaison spatiale et casquée comme un astronaute. Elle me regarde, interloquée. Je lève la main droite pour toucher la vitre. La femme dans le miroir imite le moindre de mes mouvements.

Serait-elle moi ?

Je relève la main droite pour toucher ma tête ; plus de doute possible : je suis la femme casquée, elle est moi.

Je n'ai pas le souvenir de m'être habillée en astronaute ce matin.

Je retourne au salon, m'assieds par terre, réfléchis.

Pourquoi une astronaute ?

Suis-je la victime d'une mutation ? Une attaque génétique ? Cela dit, si c'était le cas, ça pourrait m'être très utile : car pour le petit temple, il y a sept ans, un gaulologue suffisait ; mais pour la grande préfecture que je viens d'appeler, et que je compte explorer pour éclaircir ce problème de *ca't de séjou',* un planétologue s'impose : il était indispensable de me muter, génétiquement parlant.

Me voici donc gaulologue génétiquement modifié en planétologue. Mais à qui dois-je cette agression chromosomique miraculeuse ?

J'exulte dans ces nouveaux gènes : mes fesses sont plus larges. Cependant, je n'ai que deux dimensions : je suis plate comme une feuille de papier, complètement dépourvue de volume. Ma foi… ce sont les risques de la transgénie. De profil, on ne me verra pas. Après tout, pourquoi pas.

Ah, la conquête du cosmos. Que le côté obscur de la force soit avec moi.

Ma mission consistera à trouver, à la préfecture de la cité, la réponse à cette question : la clandestinité de Marie est-elle un critère suffisant pour la classer dans une espèce extraterrestre ?

22

De la tribalité dans le règne intersidéral…

Le métro, ma navette, vrombit : je suis arrivée en Zorgie-Préfecture. Je sors un baromètre de poche, un sextant, et un détecteur de micrométéorites de mon fidèle *Moutete,* ma hotte de portage intergalactique. Je déplie mon véhicule d'exploration, roule de cratère en cratère, et me perds. Je me parque sur un terrain vague. Un astronaute en deux dimensions avance vers moi. De taille moyenne, il porte une combinaison grisâtre, des bottes spatiales, et son casque sous le bras. Ses oreilles décollées et sa coupe au bol blonde lui donne l'air d'une starlette des années septante. Il se présente :

– Je m'appelle Luke Skywalker. La force est avec moi. Je suis un mercenaire de la Central Intelligence Agency. Je vous conduis ?

Il grimpe dans le véhicule et nous partons. Tout à coup, il s'écrie :

– Attention ! Bâchez le véhicule ! Mon radar détecte une pluie acide de postillons *métaextra* ! Bâchez le véhicule bon Dieu !

Soudain, quelques gouttes d'un liquide blanc, puant et visqueux, tombent du ciel et me brûlent la peau. Je stoppe l'engin, et bâche. La pluie devient torrentielle, se prolonge quelques minutes, et s'arrête. Je remarque une odeur nauséabonde.

– Ce sont les Métaextra, dit Luke. Or, vous êtes extrazorgiaque.

– Comment avez-vous deviné ?

– Vous ne sentez pas l'oignon, mais l'échalote, odeur caractéristique des Extrazorgiaques, des étrangers si vous préférez. Les Zorgiens, eux, sentent l'oignon. Les Métaextra dirigent des pluies acides à base d'ail sur les Extrazorgiaques comme vous. Parfois, ils postillonnent de la salive aillée directement sur le visage de leurs ennemis. Les Métaextra ont mille visages. Ils sont éternels, omniprésents. Mais je les arrêterai avant qu'ils ne postillonnent sur les Zorgiens de souche.

– Comment les identifiez-vous ?

– Les Métaextra ont un leitmotiv : *l'inégalité des crasses.* Ils affirment être les plus parfaitement crasseux. Le monde libre est en danger, la pestilence aillée se répand inexorablement…

Nous roulons jusqu'au bâtiment administratif de Zorgie-Préfecture. J'abandonne Luke dans le véhicule, et entre dans l'immeuble.

J'avance vers une réceptionniste, androïde à cheveux blonds et à peau rose. Elle porte des lunettes épaisses. Son concepteur a un peu forcé sur le fond de teint, le rouge à lèvres, et le fard à paupières, bleu électrique. Je lui souhaite le bonjour :

– Bonjour jolie madame. Je suis Darth Vaderette, planétologue. Je suis mandatée par moi-même pour prélever des échantillons de conditions de résidence sur Zorg. Veuillez me déléguer un assistant, je vous prie.

L'androïde met son cerveau en route, fouille dans sa base de données, ne trouve aucun programme, et interroge trois de ses collègues. Celles-ci me dévisagent, interdites : je suis résolument plate, sans profondeur. Je me présente de face, mais leurs logiciels ne m'identifient toujours pas. L'une des machines me scrute ; elle est victime de la *pulsion de la baudruche* : elle voudrait me gonfler. Une autre parle :

– Vous êtes de quelle extrazorgialité ?

– Gabonaise, suisse... Et je vous ferai remarquer que je collabore avec la CIA et avec l'OTAN. Alors faites attention à vos fesses.

– Mais oui... Allez vous renseigner en salle Sud.

– Pfff... La DGSE, annoncé-je, c'est de la gnognote...

Je rejoins mon beau mercenaire et nous partons vers la salle Sud. Ensemble, nous passons une grande porte de verre et pénétrons dans une salle bourrée d'Extrazorgiaques. Leurs yeux, semblables à ceux d'E.T. le gentil Extraterrestre, dégoulinent. Une dizaine de guichetiers, mi-hommes, mi-robots, reçoivent les postulants. Cependant, le bureau de la réception est vide. J'avance vers une guichetière beige. Elle photocopie des documents :

– Mademoiselle ! S'il vous plaît ! C'est l'OTAN qui vous parle !

Elle me regarde dédaigneusement, et me tourne le dos.

– Elle ne t'a pas vue : l'inconvénient de la surface, observe Luke.

– Je ne suis pas de profil, Luke. Elle aurait dû me voir.

– Tu sais, depuis la Seconde Guerre mondiale, certains fonctionnaires sont parfois victimes d'horribles expériences, dont la sympathectomie, l'ablation des nerfs sympathiques. Ils deviennent donc antipathiques, ou apathiques ; à moins que cette demoiselle ne souffre d'hystérie, cette maladie de l'utérus ?

La réceptionniste arrive enfin :

– Les conditions de résidence des étrangers en France ? Je ne sais pas… Allez voir en salle Europe.

En salle Europe, Luke commente :

– Ça sent bon la planète riche et industrialisée.

– Les regards des Extrazorgiaques ne dégoulinent pas, observé-je.

La réceptionniste semble équipée d'un progiciel récent :

– Voudriez-vous me préciser votre extrazorgialité, s'il vous plaît ?

– Gabon, Trobriand, Papouasie, Suisse, OTAN…

À ces mots, son processeur s'affole :

– Comment ? Mais la Suisse ne fait partie ni de l'Espace économique européen ni de l'Organisation du Traité de l'Atlantique Nord, voyons !

Je marmonne :

– Attends un peu que je sorte mon bistouri… Tu vas voir comment qu'j'vais t'frapper la chirurgie, poufiasse…

– Comment ?

– Rien, mon copain est chirurgien à la CIA, c'est tout.

– Je m'en fous. Je vous parle de l'Espace économique européen, moi.

Elle se tourne vers une collègue :

– Justinienne ! Est-ce que la Suisse fait partie de l'EEE ?

Justinienne, un cerveau électronique à très très gros quotient d'indifférence, m'examine et calcule le degré de sympathie que je lui inspire. Le produit de l'opération apparaît sur son écran, deux yeux verts ; elle me transmet le résultat :

– Absolument pas, mademoiselle. La Suisse ne fera jamais partie de l'EEE. D'ailleurs, comment se fait-il que vous ayez cette nationalité ? Rendez-vous plutôt en salle Sud. Nous, c'est l'hémisphère Nord : on ne fait pas dans l'Organisation de l'unité africaine, ni dans le Fonds monétaire international. Allez, du balai.

Je me retourne vers Luke, admirative :

– L'autosatisfaction. Comment les analystes-programmeurs ont-ils réussi à reproduire, avec autant de réalisme, un sentiment si profondément humain, dans un cerveau électronique si profondément indifférent ?

– Ah, ça ! Zorg est une grande ethnie européenne. Ne le dis à personne, chuchote Luke, mais Zorg est une survivance tribale de l'Europe éclatée.

Un gorille nous expulse de Zorgie-Préfecture.

– C'est un scandale ! hurlé-je. Je déposerai une plainte devant le conseil de sécurité de l'ONU.

Mission planétologique ratée : j'ignore encore dans quelle espèce extraterrestre classer ma fille et je ne connais pas davantage le partenaire sexuel idéal de ma *ca't de séjou'*...

Ma combinaison spatiale se dissout, et Luke disparaît dans un écran, en criant :

– Prends garde aux neuf cavaliers noirs !

23

De la solidarité dans le règne du Sénégal…

Je débarque au centre des étudiants étrangers avec vingt et un jours de retard sur l'échéance de ma *ca't de séjou'*. J'aperçois Keita de Neuilly, seul. Le Bambaro-Mandingue porte des lentilles bicolores et ses cheveux sont roux.

– Bonjour ! Bienvenue à côté du poster encadré et accroché au mur du centre des étudiants étrangers !

Je ne réponds pas. Il lit la légende du poster :

– *L'expression du racisme ou de l'antisémitisme est un délit.* Tu prends des notes ?

– Oui. Je fais une ethnologie de la préfecture. Et je renouvelle ma *ca't de séjou'*. Pourquoi n'es-tu pas moustachu, noble païen ?

– Car je ne suis pas argentin, mais mandingue.

– Va retrouver ton Hermenondine Davy de la Pailleterie… Tu ne sais même pas si le philosophe Hegel portait des moustaches fines. Moi, je suis sûre que non : il ne dansait pas le tango. Tu n'en savais rien n'est-ce pas ? Espèce d'incirconcis…

Je lève mon genou droit pour broyer ses testicules ; il s'enfuit. Une sonnerie m'interrompt dans mon élan de poursuite : le tableau préfectoral appelle mon étrangeté ; dans le règne préfectoral, l'étrangeté n'a pas à se prouver formellement : elle se présume. Je m'avance vers une jeune Blanche ; la mignonne n'a pas cette laideur que la haine imprime sur les traits même les plus délicats. Elle porte un corsage fleuri et légèrement transparent.

Je lui présente mes papiers calmement. Ça s'annonce bien : elle ne me reproche pas mes trois semaines de retard. Détaillant mon relevé de compte, elle demande :

– Et ceux de l'année dernière ?

– Comment ceux de l'année dernière ?

– Oui, vous devez justifier de vos ressources de l'année dernière.

– Mais pourquoi donc ? Ce qui compte pour vous c'est que j'ai de quoi vivre cette année, non ?

– Écoutez. Moi, je suis nouvelle ici. Je n'y peux rien, c'est la loi. Je ne peux pas renouveler votre carte sans ces relevés bancaires.

Je la quitte et pars vers son voisin, le baba cool préfectoral de l'année dernière. Il a coupé ses cheveux. Sa chemise, ouverte et bariolée l'année dernière, est, cette année, blanche et fermée jusqu'au col.

Il parle à une jeune femme, longuement et finement tressée :

– Est-ce que vos parents sont français ?

– Non. Mais je vis en France depuis que j'ai cinq ans. Je peux bien avoir une carte de résident permanent !

– Je ne pense pas : vous êtes étudiante ; on suppose qu'à la fin de vos études vous rentrerez chez vous.

– Mais je n'ai jamais mis les pieds au Sénégal !

– Écrivez à la préfecture de la cité et demandez la naturalisation. Vous verrez bien…

Elle s'en va, tête basse. Je questionne Baba :

– Pourquoi avez-vous reboutonné votre chemise ?

– Comment ?

– Et vos cheveux… J'aimais mieux l'année dernière. Vous me reconnaissez ?

– Non.

Je lui présente ma *ca't de séjou'* échue :

– J'ai obtenu cette *ca't de séjou'* grâce à vous, l'année dernière…

– Je vois tellement de monde… Vous renouvelez votre carte ?

– Oui… mais votre très jeune collègue prétend que je dois justifier de mes ressources financières pour l'année dernière. Elle se trompe, c'est une novice qui n'a pas votre expérience…

– Ma très jeune collègue a parfaitement raison : pas de carte sans relevés bancaires.

– S'il vous plaît…

– Non. Désolé.

– Aidez-moi… J'ai une petite fille ; elle n'a pas de titre de séjour. Je ne sais plus quoi faire… Aidez-moi…

Il prend une feuille volante sur une étagère :

– Tenez, lisez. C'est une note d'information à l'attention des étudiants étrangers et mineurs : compte tenu de la loi 89-548, ils n'ont pas besoin de titre de séjour pour résider en France.

– Ça veut dire que ma fille ne doit pas passer par l'OMI !

– Les mineurs étrangers qui vivent sur le territoire français ne sont pas soumis au contrôle de l'OMI, car ils n'ont pas besoin de titre de séjour : quelle que soit leur race ou leur nationalité, ils sont égaux.

– Mais alors, la CAF me demande un document qui n'existe pas ? Pourquoi, à la préfecture de la cité, ils disent que Marie est clandestine ?

– Ouhlalala ! Si vous saviez… À la préfecture de la cité, ils racontent n'importe quoi…

24

De la citoyenneté dans le règne étatal…

Le jardin du Luxembourg est vert et chaud. Le mois de mai est joliment ensoleillé. Marie, bienheureusement immigrée régulière, vient d'avoir sept ans. Moi, malheureusement immigrée clandestine, je n'ai toujours pas trouvé de *ma'i de 'ace f'ançaise* ; aucune nouvelle du danseur de tango argentin de Château-Rouge et du *V.I.P.*

J'ai une envie de thé. Nous nous asseyons à une petite table verte, en fer forgé, près d'un bosquet. Je commande un thé à la cardamome, Marie prend un thé à la menthe et une mousse au chocolat. Une soubrette au teint de pêche et au sourire d'ivoire vient nous servir.

Je me chauffe les mains dans la vapeur de mon thé. Au loin, un groupe d'adolescents longs et multicolores entre sur le miniterrain de basket qui jouxte des terrains de tennis.

Trois silhouettes familières s'approchent de ma table : Hermenondine Davy de la Pailleterie (anciennement Alexandre Dumas de la CAF) porte une perruque brune, et des lentilles bleues qu'elle a sans doute dérobées à Keita. Il s'est rabattu sur des lunettes noires et une casquette mauve. Bienvenu est vêtu d'un jogging orange. Ils me saluent. Keita les invite à s'asseoir à ma table. Je proteste :

– Tu veux que je te casse la gueule ?

Ils s'installent tous les trois. Keita me dit :

– As-tu vu cet angelot blond à la table d'à côté, juxta-Blanche ?

Il désigne une jeune femme seule. Elle a le nez plongé dans sa tasse de café au lait. Il se retourne vers elle et lui adresse ce compliment :

– Quel bel exemplaire de concentration typologique et géographique de la race blonde !

La jeune fille est concentrée sur sa tasse :

– Quel beau spécimen ! s'exclame encore Keita d'une voix forte. Vous êtes bretonne ?

Le beau spécimen se lève brusquement et s'en va. Humilié, Keita change d'interlocuteur :

– Toi, Bienvenu, tu n'es pas breton.

– Je suis natif de l'étranger, s'excuse Bienvenu. Mais je suis français. Seulement, à Nantes (Bienvenu jette un regard noir à Hermenondine), un tribunal a effacé mon nom du registre des Français nés à l'étranger : ils refusent de faire mon passeport. Depuis, je suis immigré de Mauritanie.

– Tout cela est exact, confirme Hermenondine la Nantaise. Bienvenu n'apporte pas la preuve qu'il a le centre de ses attaches familiales et professionnelles en France, de manière stable.

– Qu'est-ce que tu en sais ? m'enquiers-je, méprisante.

– J'ai passé un concours pour retourner à la fonction publique, explique Hermenondine. J'exerce dorénavant auprès du greffe du tribunal d'instance. Il faut bien vivre… car j'ai bientôt vingt-cinq ans. Greffier du tribunal d'instance, c'est plus valorisant qu'inspecteur à la CAF : je délivre des certificats de nationalité française ; c'est mieux que ces vulgaires allocations logement... Pour en revenir à Bienvenu, il n'est qu'étudiant : ce n'est pas un travail, c'est instable. Nous ne pouvons pas lui délivrer de certificat de nationalité. Désolée, Bienvenu.

– Ne t'excuse pas ma chérie, dit Keita. Bienvenu n'avait qu'à s'intégrer à la France.

– Mais j'ai ma famille ici ! Je suis marié à une vraie Française. J'habite rue des Martyrs, dans le XVIIIe. Mes quatre enfants sont nés en France, ils sont café au lait quand même ! (Bienvenu se tamponne le front avec un Kleenex.) Mais après tout, rien ne prouve que ces enfants soient les miens, c'est vrai...

– Absolument, fait Hermenondine. Tu me comprends donc.

– Par ailleurs, ajoute Keita, qu'est-ce qui nous prouve que tu es toi, et non ton clone ?

Bienvenu soupire d'indignation. Sur ces entrefaites, Keita commence à suçoter la langue de son biscuit nantais. Ah... comme il aurait aimé goûter la mienne l'été dernier... Il suffirait que je la lui prête un instant pour le détourner à tout jamais de cette pétasse d'Hermenondine Davy de la Pailleterie.

Mais que ferais-je d'un Bambara ? C'est un *ma'i de 'ace f'ançaise* qu'il me faut.

Je salive devant un paquet de chouquettes, tout droit sorti du sac de sport de Bienvenu. Il m'en propose une et me déclare :

– Tu sais... Je suis divorcé maintenant...

Il se lève et va rejoindre les basketteurs. Je croque un cristal de sucre. Les éclats de cassonade fondent sur ma langue. Je regarde Bienvenu jouer sur le terrain de basket ; il n'est pas mal fait. Mais seulement, que ferais-je d'un immigré clandestin, ou pire, de son clone ?

J'attaque la pâte à chou qui, ma foi, m'a l'air bien moelleuse. Keita regarde Bienvenu avec condescendance :

– Pauvre Nigritien...

– Toi au moins, lui fait son biscuit nantais, tu es français.

– Quoi ! sursauté-je. Mais pourquoi ne pas l'avoir dit plus tôt ! Je t'invite à déjeuner demain, Keita ?

– Même pas en rêve, Zara.

– Mais enfin, tu vas m'épouser, Keita. Tu es amoureux de moi.

– Je ne le suis plus depuis bien longtemps, juxta-Blanche.

– Je suis pourtant presque aussi noire que toi...

– Justement.

– Si tu m'épouses... À trente ans, je te donnerai notre premier enfant : j'arrête la pilule tout de suite.

– Non. Hermenondine est l'amour de ma vie.

– Tu te trompes. Moi, à trente-cinq ans, je te ferai un deuxième enfant... J'arrêterai même de travailler.

– Il est vrai que le travail libère l'homme mais aliène la femme. Mais vois-tu, Hermenondine est la perfection faite femme... Dis-moi, Hermenondine, me ferais-tu deux enfants ? Arrêterais-tu de travailler ?

– Cela va de soi, trésor. Nous demanderons des allocations familiales pour compenser notre perte de salaire. Et tous les ans, nous irons nous recueillir sur la tombe du maréchal Pétain, en l'honneur de Bonaparte et des Davy de la Pailleterie, surenchérit Hermenondine.

– Écrase, Hermenondine. Moi, à quarante ans, je lui ferai un troisième enfant. Moi aussi, je peux célébrer la famille avec Pétain si je veux : il y a la fête des Mères. Et le poids de notre progéniture sur les épaules de Keita assoira son sens des responsabilités patriotiques :

il ne me quittera jamais, m'entends-tu ? Un bon père de famille ne divorce pas.

– Pfff... se moque Hermenondine, à quarante ans, tu seras ménopausée, ma pauvre.

– Eh bien nous aurons nos œuvres : nous adopterons un Cambodgien.

– Ah ! Faut-il oublier qui l'on est, pour devenir quelqu'un ! Keita, moi je t'adopterai un Kossovar hémiplégique que je baptiserai Edmond Dantès, contre-attaque Hermenondine. Car personne ne veut des petits étrangers hémiplégiques. Quand nos enfants quitteront la douceur du giron familial, nous attendrons la mort sur l'île de Monte-Cristo, dans la sérénité d'une retraite anticipée bien méritée.

– Tu oublies l'urne, jeune fille. Keita, nos deux dépouilles rejointes dans la fusion du crématorium, nos cendres mêlées pour l'éternité, qu'en dis-tu ? Hermenondine, avoue que tu n'as rien de mieux en stock : j'ai gagné. Alors Keita, on se marie quand ?

– Le mariage de raison, ça a du bon. Je suis d'accord avec toi sur ce point, Zara. Mais vois-tu, je n'aime qu'Hermenondine : c'est avec elle que j'arrangerai la fusion.

Émue, Hermenondine blottit son parfait petit profil contre l'épaule de son futur mari modèle et verse une larme gonflée de reconnaissance à crédit. Aigre, je dénigre Keita :

– Français ? Toi ? L'étudiant de trente-cinq ans, instable, sans travail ? Hermenondine, que ferais-tu d'un époux noir et sans emploi ? Allions-nous, et retire-lui sa nationalité, en souvenir de Bonaparte.

– Keita n'est plus noir : la république l'a décrotté ; il est un modèle d'intégration.

– Zara, dit Keita, je n'ai jamais été… *noir.* Je te rappelle que je suis noble mandingue par ma mère. Car mon père, le paysan païen et bambara crotté, je m'en fous ; c'est lui le *Noir* : il a été expulsé de France quand je n'avais pas encore trois ans ; il n'avait pas, contrairement à ma mère, renoncé à ses origines pour devenir français. C'est donc bien que le sang bambara n'est que souillure. Mais grâce à Sunjata, le noble sang des Malinké coule dans mes veines, où il purifie le sang avili des Bambara crottés ; ces sauvages ont le nez aplati ; leurs cheveux sont drus comme des grains de poivre. Il a fallu que je naisse noir et crépu comme un Bambara… Mais ce n'est qu'apparence… Ne t'y trompe pas : je suis un Black. De plus, mon nez est cartilagineux, et ma bouche fine : sans ma couleur, j'eusse été de la plus belle espèce caucasienne…

Keita rajuste sa perruque et susurre à l'oreille du biscuit nantais :

– Hermenondine chérie, je t'emmène à Gorée cet été.

– Épouse-moi immédiatemment ! hurlé-je. Sinon je vous dénoncerai tous les deux : si tu pars à l'étranger avec Hermenondine, tu vas t'y installer, quitter la France !

Je me lève brutalement :

– Le Français expatrié, c'est comme l'Immigré non intégré : il n'a pas le centre de ses attaches familiales et professionnelles en France ; il ne mérite pas la nationalité française. Et les Chômeurs qui ne travaillent pas ? Et les Célibataires qui détruisent la famille avec les Homosexuels ? Et les Anorexiques, ces faux malades qui mangent l'argent public en squattant des lits d'hôpitaux ? Et les Obèses qui bouffent tout le pain des vrais Français ? Et les Routiers qui paralysent le service public avec les Fonctionnaires ? C'est méritant tout ça ? Dénaturalisez tous les Instables ! TOUS ! Hermenondine, espèce de roulure, toi qui as trahi la CAF et qui t'apprêtes à la ruiner avec tes trois enfants… Dénaturalise-toi toi-même, et le ciel te dénaturalisera…

25

De l'animalité dans le règne nominal...

La grande baie vitrée du balcon, entrouverte, regarde la forêt de Meudon, endormie tout au fond de l'horizon estival. De temps en temps, un train dodelinant traverse le bois silencieux, comme un gigantesque ver luisant, comme un collier ouvert de lucioles géantes. Les yeux de Mya clignent de contentement :

– Gwen m'a trouvé un rôle dans le soap qu'elle tourne en alternance avec *L'Amour sans papiers.*

– Il s'intitule *Une Berrichone pas comme les autres,* dit Gwen. Mya y incarne ma demi-sœur naturelle : mon père l'a eue clandestinement avec une Aborigène de souche, alors qu'il était légalement marié avec ma mère, une Berrichonne du terroir.

Mya met un disque de Zao et disparaît à la cuisine :

– Je vais mettre de l'eau à bouillir.

Les premiers accords d'*Ancien Combattant* résonnent dans la pièce. Je m'assieds à côté de Gwen, sur un gros pouf posé à côté de la table basse du salon. Je fouille dans mon sac et en tire deux lettres de la CAF. Je les lui montre pour la forcer à partager mon indignation.

– Elles m'attendaient dans la boîte aux lettres ce matin. Elles répondent toute les deux à un courrier vieux de quatre mois. La première est datée du 4 mai : *«Je reçois, ce jour, votre courrier du 23-01 et vous confirme que le certificat de l'OMI est exigible pour les enfants de nationalité suisse, d'ailleurs vous avez fourni ce certificat pour vous et vous avez une double nationalité.»* Pourquoi la CAF me demande un certificat qui n'existe pas ? À la préfecture un baba cool m'avait assuré que Marie ne devait rien à l'OMI. D'autant plus qu'elle, elle n'a pas une épaule plus basse que l'autre, j'en suis sûre…

– Montre-moi la deuxième lettre, me coupe Gwen.

Mya revient de la cuisine avec une infusion de boutons de rose et d'hibiscus, et une tarte Tatin. Son délicieux parfum emplit toute la pièce. Gwen lit la seconde lettre cafcaïenne :

– *«Suite à votre courrier, nous vous précisons que suite à une enquête de la part d'un de nos contrôleurs, celui-ci a déterminé que votre fille était de nationalité gabonaise et non suisse. Le certificat de l'OMI est donc indispensable.»* Étrange… deux réponses contradictoires, commente-t-elle, qui réussissent à ne pas se contredire, pour une même question. Tu es sûre que ta fille n'a pas une méningite exotique carabinée et contagieuse, Zara ?

– Non. Son état sanitaire et anthropométrique est tout à fait conforme aux normes républicaines.

– Mais quelle enquête ? intervient Mya. Quel contrôleur ? Il est parti rayer Marie du registre de l'état civil bernois, le preux contrôleur sur son destrier blanc ?

Gwen chante *Ancien Combattant* avec Zao :

Semez l'amour et non la guerre mes amis !
Tenons-nous la main dans la main !
Jetez vos armes, jetez vos armes, jetez vos armes !
Tenons-nous la main dans la main !

On sonne à la porte. Je me lève et je vais ouvrir.

– Bonjour, Zara ! Bienvenue chez ta sœur !

– Keita. Tu as changé d'avis ? Tu viens me demander en mariage.

Il s'étrangle :

– J'ai… j'ai épousé Hermenondine le 14 juillet. Nous avons dorénavant le devoir de nous aimer. Nous avons passé le week-end dernier chez les parents d'Hermenondine. Ah, comme ils sont émus par le spectacle de notre amour ! Et reconnaissants, car Hermenondine est enceinte ! Un garçon, j'en suis sûr. C'est magnifique, n'est-ce pas ? La dynastie des Keita s'allonge !

– C'est ça… *Semez l'amour et non la guerre.* Eh bien, bonne continuation dans vos semis mon ami. Rejoignez votre gourgandine. Au revoir monsieur Davy de la Pailleterie.

La musique nous parvient du salon ; Zao recommande sagement :

Tenons-nous la main dans la main !
Ah, si tu voyais Français : « Bonjour ! »

Pourtant, je m'engage sur la voie du conflit armé en poussant la porte pour refouler l'intrus, mais il m'empêche de la fermer :

– Attends… je te ramène un papier. Tu l'as oublié à la préfecture il y a deux mois.

– M'en fous. De toute façon ils ne m'ont pas refait ma carte. Du balai maintenant.

Le jeune marié me tend le papier ; je refuse. Il entre, je tourne les talons, et je retourne dans le couloir. Il me suit jusqu'au salon. Il salue Gwen et Mya comme s'il les avait quittées la veille... Il dépose le papier que j'ai dédaigné sur la table basse. Gwen s'en saisit, et le lit à haute voix :

– *« L'expression du racisme ou de l'antisémitisme est un délit. »*

– Oui. J'ai griffonné ça il y a deux mois, au centre des étudiants étrangers, avoué-je.

– Excusez-moi, intervient Keita Davy de la Pailleterie. Les toilettes ? C'est où ?

Mya lui indique le bout du couloir. Gwen continue sa lecture :

– *« La loi punit le refus, par un particulier, de fournir un bien ou un service en raison de l'ethnie, de la nationalité, de la race, ou de la religion du demandeur. »*

Elle s'interrompt, réfléchit et reprend :

– *« Le refus, par un fonctionnaire, du bénéfice d'un droit à une personne en raison de sa race ou de sa religion. »*

– Où sont passées l'*ethnie* et la *nationalité* du premier paragraphe ? sursaute Mya. Un fonctionnaire peut donc refuser un droit en fonction de l'*ethnie* ou de la *nationalité* ?

Un bruit de chasse d'eau répond à sa question. Keita sort des toilettes et nous rejoint. Un pan de sa chemise blanche, auréolé d'une tache jaunâtre, est coincé dans sa braguette.

– Comment on les différencie, la *race,* la *religion,* l'*ethnie,* la *nationalité,* s'exclame Mya. Qui peut dire ce qu'est une *ethnie* ou une *race* à part...

– Moi ! bondit Keita. Moi, je peux ! Oui, je peux !

Apercevant le bout de chemise coincé entre ses jambes, Keita se débraguette sous nos yeux :

– Ignorez-vous la race *stéatopyge* ? soupçonne-t-il.

Keita range sa chemise dans sa culotte, en oublie un morceau dehors, et referme son pantalon. Un morceau de tissu flottant sur sa braguette, il explique :

– *Stéatopyge,* ça veut dire « fesses grasses ». C'est une race pygmoïde et sud-africaine. Georges Montandon, mon éminent collègue, en parle dans une étude racialiste, de 1933. Georges Cuvier a prouvé l'existence de cette race ; depuis, il a gagné une rue à son nom, dans le Ve arrondissement de Paris.

– Celle qui longe le Jardin des Plantes ? demande Mya.

– Et le Muséum d'histoire naturelle, précise Keita. En 1815, le cadavre d'une Hottentote fut dépecé par Cuvier au Muséum ; c'était un spécimen *khoisan,* d'Afrique du Sud. Cuvier préleva son cerveau, ses parties génitales et fit un moulage de sa croupe, hypertrophiée de graisse. La race stéatopyge allait naître.

– C'est qui ce Cuvier ? demande Gwen.

– Mais c'est un célèbre zoologiste, voyons. Le père de la paléontologie et de l'anatomie comparée. Il a découvert la classification raisonnée des animaux, explique Keita.

– Le moulages de culs hottentots, c'est de la classification raisonnée des animaux ? s'inquiète Mya.

– Mais oui, dit Keita. L'amplitude de la croupe se mesure par rapport à la taille. Si le périmètre horizontal de ta croupe fait 678 millimètres, tu es une femme wolof, s'il fait 644 millimètres, tu es européenne. Si l'amplitude moyenne de ta croupe représente trois et demi pour cent de ta taille, tu es française.

– Et pour les hommes ? demande Mya. On a mesuré leur pénis ?

Keita découvre le morceau de chemise rebelle qui a pris le maquis entre ses jambes. Il défait à nouveau son pantalon sous nos yeux, et rapatrie le petit bout résistant dans son slip :

– La race pénisopyge n'existe pas encore mais je vais m'y atteler : j'ai un gros sexe. Bref. Le tour de fesses de l'Hottentote dépecée mesure 791 millimètres : c'est une vénus stéatopyge. Cuvier pense que ce gras est une réserve pour les mauvais jours.

– Comme le cul que les chameaux ont sur le dos ? l'interroge Gwen.

– C'est juste. Mais dites-moi, jolie blonde, s'ébaubit Keita, quelle culture !

– Tu es marié, connard, lui rappelé-je. Laisse ma copine tranquille.

Mya soupire, comme pour se rassurer :

– C'est si loin, Cuvier. Tout ça n'existe plus.

– Certes, dit Keita, les bocaux qui contenaient les parties génitales de la vénus stéatopyge ont disparu. Mais elle était encore exposée au Muséum récemment. Dorénavant, son squelette dort dans le box n° 33, à la cave du Muséum.

– On ne l'a pas enterrée ? s'étonne Gwen.

– À quoi bon, fait Keita. Les Hottentots n'ont pas besoin de sépulture : ils sont sans-âme, sans-histoire, et sans-destin ; ils ne sont pas des Hommes. D'autant plus qu'elle, c'était une femelle.

Quand la balle siffle, il n'y a pas de choisir.
Si tu fais pas vite, Changui mon cher, ô ! Cadavere.
Avec les coups de matraque tout à coup patratas !
Cadavere…

Gwen demande :

– Comment s'appelait-elle ?

– Elle n'a pas de nom, répond Keita.

– Elle a forcément une identité et une histoire, insiste Gwen.

– Non, répond Keita. Hegel a dit que dans le caractère de ces Nègres, *rien ne s'accorde à l'humain.*

– Elle a une histoire ! affirmé-je. Elle était bête de foire. On l'a déportée en Europe, pour la montrer à nos chères têtes blondes.

– C'est bien ce que je dis : c'était un animal, fait Keita.

– Non, répliqué-je. Cette femme était un homme : elle avait un nom ; elle s'appelait Saartjie.

– Ce n'est pas un nom masculin, conteste Keita. C'était donc une femme qui appartenait à l'espèce animale : des Afrikaners l'ont capturée lors d'une chasse à courre dans le bush.

– Elle a servi dans un bar du Cap avant d'être vendue à un Anglais ! protesté-je. Cet Anglais descendait d'un chasseur de Peaux-Rouges. Mais puisque Pocahontas était morte deux siècles plus tôt, il a bien fallu qu'il se recycle dans la chasse aux Hottentots. Comme Pocahontas, Saartjie a beaucoup voyagé : elle a visité Londres, Paris, le Muséum de Cuvier. Elle est morte très jeune et…

– Soit raisonnable, me préconise Keita. N'importe quel singe savant peut servir dans un bar, et même voyager ; les singes savants ne sont pas des hommes*. Je

---

* Et Saartjie Baartman est un singe : son peuple a demandé la restitution de ses restes afin qu'elle soit enterrée chez elle, mais le

continue… En 1892, dans un petit village landais de deux cent quatre-vingts habitants, Brassempouy, on découvre une statuette qui a un très très gros fessier. Les intellectuels la baptisent Vénus de Brassempouy.

– Comme Saartjie de Cuvier ! s'exclame Gwen.

– Absolument, jolie blonde… Grâce à ses grosses fesses, la statuette landaise est formellement identifiée par des anthropologues : c'est une vénus stéatopyge qui représente un individu de race négroïde. Et la présence d'une Stéatopyge en terre landaise prouve que l'homme black occupait les Landes au paléolithique supérieur : les premiers hommes étaient donc africains, c'est indéniable.

– Bon sang, fait Gwen, mais c'est bien sûr ! Puisque l'homme blanc a été primitif, il a bien fallu qu'il ait été noir.

– Est-ce que les Hottentots ont découvert la race européenne des culs plats ? demandé-je.

– Pauvre fille, dit Keita. Seuls les singes ont le cul plat…

– Moi, j'ai un petit cul rond, argumenté-je. Et tu ne mettras jamais tes sales pattes dessus.

Muséum d'histoire naturelle n'en voit toujours pas l'utilité. Il faut dire que Cuvier avait analysé : « *Les organes génitaux de cette femme sont particulièrement intéressants dans le sens où ses petites lèvres sont extrêmement développées. Ceci a consolidé mes constatations antérieures qui sont que ni l'Hottentot, ni le Bochiman, ni d'ailleurs aucun individu de race noire n'a jamais apporté aucune contribution à la civilisation.* » On pourrait, avec les colonisés qui se demandaient si les Blancs étaient réellement leurs frères humains, s'enchanter de ne pas avoir contribué à cette civilisation-là. Et Disney a encore raté l'occasion de raconter une belle histoire d'amour : après *Pocahontas, Anne Frank, Toussaint,* pourquoi pas *Saartjie*, la femme-singe amoureuse du vétérinaire humaniste ? (N.d.A.)

– Je ne t'ai rien demandé, dit Keita.

– Crétin… Picasso a-t-il le nez dans les oreilles ?

– Pourquoi ? fait Keita. Serait-il stéatopyge ? Noir ?

– Peut-être bien… Tu n'as jamais pensé que le cul de ta vénus landaise ne représentait pas forcément un vrai cul ? Pas plus que les portraits de Picasso ne représentent de vrais visages ? Le cul de ta statuette n'est peut-être pas un cul figuratif.

– Pauvre fille, déplore Keita.

Gwen fouille dans une armoire, et ramène un mètre de couturier. Elle s'approche de moi et mesure mon tour de fesses :

– 530 millimètres. Tu ne passeras pas l'hiver ma chérie : il te manque au moins 241 millimètres pour rivaliser avec la vénus stéatopyge. Es-tu bien sûre d'être d'ascendance négroïde ?

– Oui. Bizarrement, c'est à mon ascendance négroïde que je dois mon prénom *Maigre aux fesses.* Qui sait, peut-être suis-je une Stéatopyge à l'envers ?

– 53 centimètres, dit Gwen, c'est peu. Cuvier n'en croirait pas son mètre de couturier : dans quelle race classer un individu présentant un si faible périmètre fessier ? Car la fesse fait la race, non ?

– Et la race fait l'homme blanc. Donc la fesse fait la femme noire, décrété-je. Plus ses fesses sont grosses, plus la femme est noire, moins elle est humaine, car elle est trop sexy. Mais 53 centimètres, pour un pénisopyge c'est bien. Keita, je parie que tu n'as pas à la queue les 53 centimètres que j'ai aux fesses. Ha ! Ha !

Gwen s'approche de Keita avec son mètre. Furieux, il s'en va en claquant la porte : je savais bien qu'il n'était pas pénisopyge. Pauvre Hermenondine ; comme elle doit être malheureuse…

Mya me conseille :

– Pour en revenir à la CAF, à tes papiers… Demande l'asile.

– Demander asile à la préfecture contre la préfecture ?

– Tu n'avais pas rencontré quelqu'un au début de l'année ? s'enquiert Gwen.

– Le *ma'i de 'ace f'ançaise* du *V.I.P.* ? Il ne m'a jamais appelée.

– Mais ! fait Gwen tout à coup illuminée. La liberté, l'égalité et la fraternité de l'espèce républicaine traversent-elles l'ethnicité du règne SOS racial, et la citoyenneté du règne mondial ?

– Quoi ?

– Joue la carte SOS-Racisme !

26

De la fraternité dans le règne SOS racial...

– Bonjour ! Bienvenue chez SOS-Racisme ! fait une voix de femme à l'autre bout de la ligne.

Elle travaille au Gymnasium ?

Je commence à lui raconter ma vie au téléphone. Elle m'interrompt : ils croulent sous les demandes ; il faut leur envoyer un dossier, et ils aviseront.

– Mais mademoiselle, je vais vous expliquer brièvement. Belgique... Suisse... Gabon... alors charter ? Et OMI ?... CAF... DDASS... Hermenondine... Alexandre Dumas... Vous vous rendez compte !

Elle m'écoute, réfléchit silencieusement, puis cède :

– Venez cet après-midi, à dix-sept heures. Au revoir.

Mais, s'ils me prennent si vite, alors qu'ils croulent sous les demandes, c'est que mon cas est désespéré ? Docteur, dites-moi la vérité : combien de temps me reste-t-il à vivre ?

Je me console avec un Carambar.

En fin d'après-midi, je récupère Marie à l'école, et nous prenons le métro jusqu'à Château-d'Eau, dans le Xe arrondissement. Nous marchons dans la rue des Petites-Écuries et arrivons devant l'immeuble de SOS-Racisme. Au troisième étage, je sonne, et la porte s'ouvre sur un corridor qui débouche dans une petite salle de réception. Une jeune Arabe aux longs cheveux de coton noir termine un coup de téléphone. Elle raccroche, et peste :

– Y en a marre. Vraiment hein. J'en peux plus. Et ce déserteur serbe qui n'arrête pas d'appeler. Quel con vraiment !

Elle travaille aussi à la préfecture ? À entendre la suite, il semblerait que non :

– *Les droits de l'homme* qu'y dit... Il a pas compris que la préfecture était tribaliste ! Il avait qu'à être kosovar ce Yougoslave ! Il l'aurait peut-être eu l'asile territorial ! Peut-être... Parce qu'aux Kosovars, on leur donne pas de papiers s'ils ne prouvent pas qu'ils sont vraiment kosovars... Et quand ils n'ont plus de passeports, des fois, on les prend pour des Serbes, alors...

Elle soupire et nous ordonne :

– Vous, attendez dans la salle là-bas.

Nous nous asseyons dans une grande salle d'attente, pleine de cartons et de paperasse. On devine, à travers des vitres opaques, deux petits bureaux grouillants de monde.

La réceptionniste va et vient, en trottinant. J'entends une voix masculine vociférer au téléphone :

– Si ! Le ministère de l'Intérieur refuse l'asile territorial à cette famille kurde je vous dis ! Il paraît que c'est vous, au ministère des Affaires étrangères, qui devez intervenir ; car cette famille ne rentrerait pas dans le cadre légal de *l'asile territorial,* mais dans celui de *réfugié politique.* Oui... Non ! Je ne tiens pas à ce qu'ils soient civilement *invités à quitter le territoire français sous huit jours,* vous comprenez ? Voilà... oui... Comment ? Des justificatifs de ressources ? Mais comment voulez-vous qu'ils aient des revenus en France puisqu'ils n'ont pas de papiers ?

Tout à coup, mes gènes s'affolent.

Mutation spontanée ?

Le retour du planétologue ?

Je gonfle, je prends forme.

Sur une porte vitrée, j'aperçois le reflet d'une fourmi géante, assise sur une chaise, pattes croisées. Stupéfaite, je me lève brusquement. Ciel ! Moi ? Une fourmi hyménoptère aculéate ? Une baudruche marronnasse ?

J'espérais au moins un planétologue, voire un explorateur de galaxies.

Cela dit, mes fesses se sont avantageusement remodelées : elles sont aussi rebondies que celles du planétologue étaient larges. Je suis une fourmi à gros cul, stéatopyge sans-culotte, coiffée d'un bonnet phrygien dérobé à un révolutionnaire, pour faire joli.

Marie ne semble pas troublée par ma mutation : amie des insectes, elle a adoré *FourmiZ* et *1001 Pattes* au cinéma.

Je n'ai plus qu'à m'habituer à ce nouvel état. Que voulez-vous, j'ai l'humeur changeante et le gène lunatique.

Je suis sans-culotte, mais, néanmoins, cheftaine de mon régiment de fourmis, et reine pondeuse, à mes heures. Mes soldats, le personnel de SOS-Racisme, s'usent à la tâche. Ils sont de toutes les couleurs, de tous les âges, de tous les vêtements, de tous les accents. Ils ont tous l'air débordé, ils courent partout, les téléphones sonnent sans cesse.

Certains prennent le temps de dire bonjour à leur reine.

Plus tard, deux individus génétiquement réorganisés en insectes arrivent dans la fourmilière : un bourdon mâle, brun, l'air abattu, semblant demander pardon d'exister, et une cigale femelle, noire, ne s'excusant de rien du tout.

Une grosse araignée grise débarque avec deux enfants d'une dizaine d'années, probablement insectophiles comme Marie. L'araignée s'assied à côté de moi :

– Bonjour. Je m'appelle Radhia. Je suis tunisienne. Je vis à Paris depuis vingt ans, impasse Bon-Secours, dans le XIe.

– Vous êtes clandestine ?

– Non. J'ai un titre de séjour permanent. Mes deux premiers enfants sont nés à Rocheville, mais mon dernier fils de trois ans et demi est interdit de séjour en France.

– Comment ? Mais je croyais que les mineurs n'étaient jamais clandestins ?

– Il y a trois ans, j'étais enceinte, je suis partie en vacances au Maroc, avec mes deux premiers enfants. J'ai accouché à Casablanca. Quand je suis revenue à Paris, la police de l'aéroport a refusé de laisser entrer mon bébé : il n'avait pas de visa. Ils m'ont dit que j'aurais dû accoucher en France.

– Je vous assure : on m'a certifié que les mineurs…

– J'en sais rien. Mon fils n'a pas le droit d'entrer en France.

Je regarde Marie. Je ne comprends plus. Serait-elle clandestine finalement ? À moins que… Elle est régulière à condition de ne pas quitter la France ? Elle devient clandestine si elle part à l'étranger ?

– Interdire le séjour à un enfant, dit l'araignée, c'est contraindre les parents à se rapatrier eux-mêmes. Mais au bout de vingt ans, on ne se rapatrie pas, on se déracine.

Une libellule-avocate vient me chercher. Je débite rapidement mon histoire de fourmi à la libellule dévoreuse de moustiques. Pourvu qu'elle leur fasse la peau.

Mais la libellule entomophage est épuisée d'avoir déjà trop mangé, et d'autres insectes, harcelés par d'autres nuées de moustiques indigestes, la demandent. Elle s'en va.

Une sauterelle dévastatrice de champs préfectoraux vient la remplacer. Elle est fatiguée. Je raconte. Elle prend des notes. Je n'y crois plus : je vois difficilement comment une sauterelle esseulée pourrait, même avec les renforts d'autres insectes, dévaster les champs de la préfecture, de la CAF, de la DDASS et de l'OMI.

Pour Marie ? Elle ne sait pas. Pour moi ? Elle sait :

– La préfecture n'a pas voulu renouveler votre carte de séjour. N'espérez pas une carte de résident permanent : vous n'êtes qu'étudiante. Vous n'avez pas un amoureux français ?

– Comment voulez-vous que je me marie avec la tronche que j'ai ? J'ai un beau cul, mais je ne suis qu'une fourmi.

– Combien de fois avez-vous muté ?

– Deux...

– Et vous trouvez ça normal ?

– On s'habitue à tout. Vous êtes bien une sauterelle, vous.

– J'étais d'abord un macaque. J'habitais dans un zoo... Consommez-vous régulièrement des Carambar ?

– Oui, mais qu'est-ce...

– Et de la viande de mouton ?

– Non, jamais...

– Bien. Combien de Carambar par jour ?

– Trois, quatre, cinq...

– Vous les sucez ?

– Bien sûr.

– Vous retrouverez forme humaine dans douze à

vingt-quatre heures. Si vous ne voulez plus muter, renoncez aux Carambar, et surtout, ne les mélangez jamais avec de la viande de mouton. L'association de ces deux aliments dans le même repas entraîne une mutation définitive.

– Les moutons ? Les Carambar ?

– Les Carambar contiennent de la lécithine de soja. Ce soja est un organisme génétiquement modifié qui a pour effet secondaire la transgénie chez un pour cent des personnes suceuses de Carambar. La viande de mouton est pleine d'agents stabilisateurs. Mélangez Carambar et viande de mouton, et, si vous mutez, c'est irréversible…

– Mais vous ?

– J'étais un macaque, je vous l'ai dit. Je vivais à la ménagerie du Jardin des Plantes, près du Muséum d'histoire naturelle. Les visiteurs de la ménagerie ont l'interdiction formelle de nourrir les animaux. Mais c'était sans compter les arrières-petits-enfants de Georges Cuvier…

– Le zoologiste spécialisé dans la stéatopygie des Hottentotes ?

– Depuis qu'il a sa rue à côté du Jardin des Plantes, sa famille se croit tout permis… Y compris de nourrir les animaux de la ménagerie malgré les panneaux d'interdiction. Ils nous ont gavé de Carambar… La première fois que j'ai muté, je me suis trouvée généticienne et surdouée, je m'appelais Mélanie Blanc. Et c'est ainsi que j'ai découvert, avec effarement, la classification raisonnée des animaux, le racisme biologique et social. Bref, j'ai fait du bénévolat chez Act Up, les restos du cœur, SOS- Racisme… J'en suis à ma neuvième mutation. J'ai même participé à un colloque sur l'idée de race dans la pensée française. Eh bien, figurez-vous que l'*Homme universel* est un mâle mélanisé qui s'est nommé *Blanc* car il se croyait immaculé comme un drap lavé avec la lessive Le Chat Machine qui donne une *propreté absolue*.

– Je me disais aussi… Les Powhatan s'appellent bien les *Indiens* parce que Christophe Colomb croyait avoir débarqué en Inde quand il a envahi l'Amérique. Et autrefois, les Tutsi furent aryanisés par des colons antisémites avant d'être génocidés par des Hutu aryanophobes. Ces histoires paradoxales sont pourtant des faits authentiques…

– Je l'ignorais. Mais ce dont je suis sûre, c'est que Le Chat Machine, non polluant, c'est des tablettes effervescentes blanches et bleues. Voyez-vous, le blanc ne se pose qu'en s'opposant au noir ; de même qu'il ne s'identifie qu'en s'identifiant au noir. La propreté absolue du blanc dépollué exige la saleté absolue du noir polluant.

– Mais le Blanc n'est-il pas déjà un homme de couleur ?

– Si, le Blanc est déjà pollué : c'est un Noir qui a peur de foncer. Alors, Le Chat Machine prétend qu'elle lave plus blanc que Blanc… mais c'est impossible. Surtout que l'homme de couleur blanche souffre parfois de mélanite, une inflammation des pigments qui peut conduire à l'ethnocentrisme, une maladie virale si honteuse que le Blanc accuse les autres hommes de porter ce virus qu'il a élevé lui-même et qu'il s'est inoculé tout seul… C'est pour cela que le Blanc appelle les autres : *hommes de couleur*. Mais curieusement, certains Noirs sont de couleur blanche, et réciproquement…

– Oui, j'ai déjà remarqué ça chez les griottes et les

flageolets. Et quand les dattes s'en mêlent, je ne vous dis pas. Alors, comment s'y retrouver ?

– Eh bien, disons que *Blanc* désigne toute personne de couleur allergique à la couleur, à commencer par la sienne. Et vous savez, Gavroche avait raison : c'est la faute à Voltaire. Dans son traité de métaphysique, Voltaire a dit : *« Les Européens me paraissent supérieurs à ces nègres, comme ces nègres le sont aux singes, et comme les singes le sont aux huîtres. »*

– Cet écrivain illuminé par le Siècle des lumières avait le sens de l'humour, noté-je. Vous êtes-vous changée en huître ?

– Pas encore. Je ne peux donc pas valider ses affirmations.

– Travaillez-y. Moi, je ne veux plus muter, même pour un auteur encombré de génie.

– Je consomme déjà dix Carambar par jour. J'arriverai bien à me changer en huître puisque ma singitude s'est déjà accomplie à travers le macaque. Vous, arrêtez le Carambar. Je vous l'ai dit, d'ici douze à vingt-quatre heures, vous retrouverez forme humaine.

– Mais… Est-ce bien mon enveloppe initiale ?

– En effet, vous pourriez être originaire de la ménagerie du Jardin des Plantes. Voire…

– Serais-je l'Huître de Voltaire l'illuminé ?

27

De la créolité dans le règne hexagonal...

– Allô ! Zara Sem Andock ?

– Qui la demande ?

– Jean-Christophe Grand-Veneur.

Je réponds sèchement :

– Jean-Christophe Grand-Veneur ? Désolée, je ne vois pas.

– Zara ? Vous m'avez laissé votre carte il y a quatre mois, au *V.I.P.*

Je me liquéfie :

– Jean-Christophe de Château-Rouge ? Vous m'avez aidée à ramasser une banane plantain... Merci...

– Servir et protéger, telle est ma devise. Mais dites-moi, vous avez une voix ravissante !

Mes jambes flageollent ; je m'assieds.

– Zara, vous faites quelque chose ce soir ?

– C'est-à-dire que je... je n'ai rien à me mettre comprenez-vous ?

– Taratata. Je suis sûr qu'un rien vous habille. Vous connaissez le *Douce France,* avenue de la Grande-Armée ? Rejoignez-m'y à 21 h 30. Je vous invite à dîner.

– Vous êtes sûr que...

– Taratata. On ne discute pas. À tout à l'heure !

Il raccroche. Taratata je n'irai pas. Qui va me garder Marie ?

C'était le dernier jour de classe aujourd'hui. Marie célèbre les vacances d'été dans sa baignoire. Au milieu de son lac, elle me lance un regard moqueur et un sourire de piranha :

– Tu vas voir un amoureux ?

Le téléphone sonne à nouveau. Je réponds avec un enthousiasme sans doute trop appuyé :

– Oui !

– Euh… C'est Bienvenu.

– L'immigré clandestin ?

– Quoi ?

– Excuse-moi. Je ne voulais pas te blesser.

– Pourquoi ? Tu la trouves blessante ta situation de clandestine toi ?

– Moi ? Ah, mais moi, c'est pas pareil. Et puis, je vais me marier.

– Mais… j'aurais voulu t'inviter à dîner à *La Pirogue,* rue Malassis dans le XVe. Tu connais ?

– Non. Je dîne au *Douce France* ce soir, avec mon fiancé. Je suis désolée. Mais si tu es libre ce soir, tu peux garder ma fille. Viens chez moi à 21 heures.

– Bien sûr… Où habites-tu ?

– 13, passage Lathuile, dans le XIIIe arrondissement.

On se quitte gentiment.

J'enfile un pantalon de tulle noire. Deux gouttelettes de parfum capiteux se glissent derrière mes oreilles, deux autres se figent au creux de mes coudes, une dernière s'arrête entre mes deux seins. J'endosse, sur une chemise de soie bleu indigo, une veste moirée.

Marie, mouillée, sort de la salle de bains sur la pointe des pieds, le torse bombé en avant, son petit cul pointé en arrière. Ma Pygmoïde stéatopyge se regarde dans le miroir et rigole en saccades de sa bouche toute bleue et de sa chair de poule. Elle se retourne pour admirer son postérieur dans la glace et s'amuser de le voir rouge.

– Tu t'habilles, Marie ? Va te mettre en pyjama dans ta chambre.

– Non. Parce qu'après, je devrais reménager.

C'est-à-dire redéménager, de la chambre au salon. Elle allume la télé en riant comme une petite vieille arquée. Concentrée sur un spot publicitaire, elle commente :

– J'peux t'dire qu'y a un nouveau extra brosse à dents de gencives. Sinon ! Ça va retenir un enlèvement de vos dents.

Marie enclenche le magnétoscope. *Le Seigneur des anneaux* défile à l'écran. Elle prend un papier, un crayon et écrit, en me questionnant :

– Ça existe les pays des géants Maman ?

– Je ne sais pas. J'ai entendu parler des Massaï, ils…

– Ah bon ! s'écrie-t-elle, mais y pèsent combien d' kilomètres ?

Marie, soudain attirée par une musique funeste, se tourne vers la télévision :

– Maman ! Maman ! Les neuf cavaliers noirs ! Ils veulent attraper Fredon pour lui prendre l'anneau magique !

– Quel anneau ?

– Ben… L'anneau du seigneur des ténèbres !

– Tu sais Crevette, Bienvenu va te garder ce soir.

– Bienvenu ? C'est qui ça ?

– Un ami.

– Il est gentil ?

– Oui.

– Il est beau ?

– Euh… oui, oui.

Bienvenu arrive, pile à l'heure. Il nous embrasse chaleureusement. Marie se détache de l'écran pour lui demander :

– Es-tu fang, comme mon papi ?

– Moi non, mais Michael Jackson, oui.

– Non, dit Marie, c'est pas vrai : Michael, c'est pas un sauvage.

Je dépose un baiser bruyant sur les joues de ma fille et abandonne les deux compères au *Seigneur des anneaux.* Les effluves de jasmin et de rose dans mon dos, parfums aux couleurs d'ambre et de safran, je descends rejoindre le bel hidalgo, doré comme un épi de blé, ce danseur tant espéré et enfin retrouvé sous les traits d'un futur mari que j'espère bien français, même s'il a appris le tango en Argentine.

J'arrive au *Douce France.* Jean-Christophe est assis au bar, un cigarillo entre deux doigts délicats ; toujours aussi joliment bouclé et proprement moustachu ; toujours aussi bien charpenté ; toujours aussi élégant. Il se lève pour m'accueillir d'un baisemain humide. Le maître d'hôtel en habit blanc et noir nous conduit à notre table, retirée dans un coin de la salle. Nous prenons place, délicieusement confinés entre un genre de paravent et un aquarium aux poissons polychromes. Est-ce que j'étais un poisson avant les Carambar ? Et si je mutais à nouveau ? Le moment est mal choisi pour faire un caprice génétique. Effrayée à l'idée de me transformer en poisson rouge, voire en huître, je prends la main de Jean-Christophe, visiblement ému par ma sollicitude :

– Zara… Douce Zara… Incomparable Zara…

– Oui ?
– Tu es antillaise ?
– Et toi ? Tu viens de quelle moustache ?
– Comment ?

Le garçon prend nos commandes. Peu de temps après, il apporte nos entrées. Je salive devant mon assiette de foie gras à la confiture d'échalote au cassis. Jean-Christophe gobe une huître, me rappelant à ma possible huîtreté originelle ; mon futur mari est cannibale : il mange une espèce à laquelle j'appartiens peut-être... Je chasse cette odieuse pensée de mon esprit en lui demandant :

– C'est comment l'Argentine ?
– L'Argentine ? Connais pas.
– Quoi ? Mais où as-tu appris à danser le tango ?
– Je ne sais pas danser le tango. Ni rien du tout d'ailleurs.

– Menteur. Pourquoi porterais-tu des moustaches si tu ne dansais pas le tango ? Et tes moustaches sont fines. Si, si. Elle sont fines. Tu veux qu'on mesure ? Je te parie qu'elles ont juste les millimètres qu'il faut pour danser le tango, tes moustaches...

Tendrement, il répond :

– D'accord, mes moustaches dansent le tango. Mais toi ma douce, parle-moi de ton île... C'est la belle vie là-bas ?

– Sans doute.

– Il doit faire chaud aux Antilles. Ça ramollit le cerveau paraît-il. Mais ça décuple la sensualité.

– Je suis née en Belgique.

– Les enfants antillais naissent en Belgique ?

– Les enfants antillais ? Je ne sais pas. Il n'y a pas d'hôpitaux aux Antilles ?

Pensif, il me sert du champagne dans une flûte. Je trempe mes lèvres dans les bulles dorées. Jean-Christophe me sourit. Un bout de salade est coincé entre ses dents.

– Tu es mariée ?

– Non, pas encore.

Il se gratte le menton et se racle la gorge. Il me sourit encore : le bout de salade a disparu. Ah, qu'il me plaît... Le garçon débarrasse nos assiettes ; il apporte ensuite un steack tartare certifié d'origine française, et une demi-douzaine d'escargots de Bourgogne. Jean-Christophe se précipite sur son hachis :

– Je suis un gros mangeur de viande. En particulier la viande crue. Je ne voudrais pas te couper l'appétit, mais les escargots de Bourgogne viennent généralement de Roumanie ; le petit-gris est le dernier escargot vraiment français.

– Et toi, tu es originaire de quelle région de France ?

– Eh bien, en fait, c'est une histoire un peu compliquée. Mon grand-père était indochinois.

– Tu n'est pas français ? tressaillé-je.

– Bien sûr que si. Encore heureux.

Je pousse un soupir de soulagement. Il précise :

– J'ai le sang bleu, du côté de ma grand-mère. Mais elle a épousé un ostréiculteur croate et...

– Un exploiteur d'huîtres ?

– Oui. Très fin cuisinier avec ça.

J'en suis sûre : je suis d'origine, voire de destination, ostréiculturelle...

Quelques instants plus tard, le garçon débarrasse la table et nous présente le chariot à desserts. Des îles flottantes, grosses comme des icebergs, surnagent dans un océan de crème anglaise. Une mousse au chocolat tourbillonne dans sa coupe. Les pommes confites d'un gâteau aux zestes d'orange me lancent des œillades. Ces trois desserts m'adressent des signaux désespérés. Courageuse, je réponds aux trois appels de détresse. Ils trouvent asile dans mon assiette.

– Zara, que fais-tu dans la vie ? me demande Jean-Christophe.

– Immigrée ! pouffé-je.

Il rit. Je prends sa main, tendrement, et pousse un peu la plaisanterie :

– Immigrée clandestine !

J'éclate de rire. Il ne pipe mot, paraît songeur, sans doute fasciné... J'ajoute :

– Mais, plus pour longtemps.

Jean-Christophe s'étrangle. Il tousse. Je me lève et cours lui taper dans le dos. Sa quinte de toux s'aggravant, il va aux toilettes.

J'engloutis mes trois desserts. Mais dans l'océan de crème anglaise, devenu lac, je laisse flotter une demi-montagne.

Le garçon vient chuchoter à mon oreille :

– Prenez garde aux neuf cavaliers noirs du seigneur des ténèbres. Ils approchent...

Keita Davy de la Pailleterie, l'incirconcis mandingue qui n'a pas 53 centimètres à la queue, débarque avec son biscuit nantais. Il est vraiment chauve et porte de vrais yeux marron. Son biscuit s'est visiblement implanté des petits seins en silicone naturelle, malgré sa future maternité : elle marque ainsi sa révolte contre l'allaitement naturel. Ses lèvres nantaises sont injectées de collagène. Le couple s'installe à notre table. Honteuse, je proteste :

– Mais allez-vous-en ! Vous êtes fous, mon mari va revenir !

– Bienvenu m'a donné l'adresse du restaurant. Un mariage blanc clandestin ? Tu es folle ? Allez, lève-toi pauvre maboule. Rentre avec nous.

– T'avais qu'à m'épouser, couille molle. Je n'ai plus d'argent, je n'ai plus de papiers : j'ai besoin d'un mari. Cassez-vous ! Y va arriver !

– Couille molle ? sursaute Hermenondine. N'insulte pas mon mari, je te prie. Et rassure-toi, Keita est très très bien membré, ajoute-t-elle.

Keita s'effondre lamentablement sur la nappe :

– Tu sais Zara, Jésus-Christ m'est témoin que j'aime l'Afrique de nos ancêtres... mais... mais... je n'ai jamais couché avec une Black !

– Cassez-vous !

Il se redresse, renifle, et enfouit sa tête entre les implants mammaires de son biscuit nantais. Elle pleure, le cajole tendrement :

– Chérie, lui dit-il, coucher avec une Black serait incestueux : nous autres Africains sommes tous frères et sœurs.

– Mon père couche bien avec mon petit frère depuis dix ans, avoue Hermenondine. Le tout, c'est de garder le secret.

Une goutte de morve se fige entre les implants d'Hermenondine. Elle approfondit l'étude de la parenté de son époux :

– Ta mère est la sœur de ton père ? Je veux dire, ta mère est ta tante ? Et donc ta sœur, si tu en as une, bien sûr, serait ta cousine ?

– La famille chez nous, c'est compliqué.

– Et alors ! Je suis peut-être bien une huître. Est-ce

que je fais chier mon monde pour autant ? Je me fous de votre cuisine familiale, bande de nazes. Déguerpissez !

Keita renifle et s'essuie le nez du revers de la main.

– Bienvenu nous a fait une scène tout à l'heure. Il est parti furieux. Quelle ingratitude après tout ce qu'Hermenondine et moi avons fait pour lui. N'est-ce pas, ma chérie ?

– Avec les étrangers, il faut s'attendre à tout mon chéri, déplore Hermenondine.

– Sais-tu que Bienvenu est amoureux de toi ? m'informe Keita.

– Ah bon ?

– Mais que peut-il vouloir à un produit hybride ? Ton faciès global donne l'impression d'un état de fusion raciale, certes, mais qu'adviendrait-il de l'union de vos gènes, à Bienvenu et à toi ? Vous êtes deux hybrides dégénérés, ne l'oublie pas ! Ignores-tu la théorie de l'hybridation des pois rouges et blancs, établie par Mendel, ce moine augustin et généticien du XIXe siècle ?

Je fais signe que non. À peine surpris par mon ignorance, Keita m'explique posémment :

– Le travail de Mendel est exposé au Muséum d'histoire naturelle de Georges Cuvier : en croisant des petits pois rouges et blancs, il nous a éclairés sur les désastres du métissage ; quand on mélange un petit pois rouge avec un petit pois blanc, les petits pois métis sont rouge et blanc, mais pas rose : les couleurs ne fusionnent pas, car le mélange des genres provoque *« l'affolement des caractères raciaux »*. C'est pareil chez les hommes : l'hybridation enlaidit la race pure.

– Mais alors ! s'exclame Hermenondine, mon aïeul était bien un dégénéré !

– Il faudra te faire une raison, ma chérie... L'année dernière, l'une de mes amies, une très belle Blanche, a copulé avec un hybride noir pour avoir de beaux enfants, soi-disant. Elle a eu des jumeaux : un Noir et un Blanc. Je l'avais prévenue ! Depuis, elle est harcelée par des journalistes et des généticiens. C'est bien fait pour elle ; elle n'avait qu'à faire attention.

– Keita ! Notre bébé ? Et si je portais un mutant ?

– J'espère que le sang pur des Mandingues purifiera tes gènes hybrides, ma chérie. Mais si nous avions des jumeaux noir et blanc, cela signifierait que nos gènes se sont affolés... La malédiction de Cham est peut-être sur nous...

Je l'interromps :

– En quoi les gènes de jumeaux noir et blanc sont-ils plus fous que ceux de jumeaux blond et brun ?

– Pauvre fille, dit Keita, tout le monde sait que le gène noir est plus fou que le gène blond. (Keita prend une mèche de mes cheveux entre deux doigts.) Chez toi, Zara, l'hybridation est encore plus pernicieuse, car elle se dissimule lâchement sous l'apparente fusion de tes traits : tu as le cheveu ondulé alors que la Raison commanderait qu'il soit raide sur sa première moitié et crépu sur le reste de sa longueur ; tu as la peau café crème alors que la Race exigerait qu'elle soit noire sur les parties sexuelles et blanches sur les parties chastes.

Hermenondine me dévisage, à l'affût d'une faille dans la fusion apparente des traits raciaux de mon faciès. Keita reprend :

– Mais Georges Montandon a résolu cette énigme : la prétendue fusion des caractères raciaux de ton visage cache en réalité une *« mosaïque de facteurs ténus »*. Et puis, la règle de Mendel se vérifie sur ton enfant : il a des yeux bleus et des cheveux frisés : ses gènes sont bien devenus fous. L'hybridation est une faute ; comme tout péché, elle se paie un jour…

– Je… On… on n'a pas attendu l'hybridation pour produire des… des produits débiles et hideux… Attends un peu qu'on voie la tronche d'huître de ton fils… Parce que… un gène qui s'affole, mon p'tit gars, il se contente pas de faire l'hybride dégénéré, il fait l'huître… ou la fourmi… ou… ou… Cassez-vous, bande de cons ! Mon fiancé arrive !

Jean-Christophe nous rejoint. Keita l'endoctrine :

– Monsieur. Sachez que votre hybridation avec ce… cette chose risque d'entraîner une dégénérescence des aptitudes physiques et mentales de votre descendance. Kant ne me contredira pas…

– Keita ! hurlé-je. Jean-Christophe, susurré-je, c'est… c'est un fou.

– Mais, Zara ! Si nous tentions l'expérience ! délire Keita. Testons les lois de Mendel. Tu veux coucher avec moi, créature polymorphe ?

Jean-Christophe se lève et lui décoche un coup de poing dans les côtes. Keita riposte, manque son coup et tombe de sa chaise. Hermenondine me crache à la figure mais me rate. Ivre de rage, elle se lève, pose ses mains sur son ventre enflé et signifie son pouvoir à Keita, déjà à terre :

– Je suis ta femme et la mère de tous les enfants que tu auras jamais, compris ? Tu as intérêt à marcher droit. Sinon… je pleure.

Hermenondine éclate en sanglots. Keita se relève et disparaît en claudiquant. Défaite, Hermenondine s'en va en maugréant :

– Tout ça à cause d'une petite pute sans papiers et d'un Négro qui bande mou ! La honte ! La honte !

Mon héros avale sa dernière goutte de champagne :

– Rentrons. Je t'invite à prendre un verre à la maison.

– Où habites-tu ?

– Dans le Marais, rue des Mauvais-Garçons.

28

De l'idioteté dans le règne sentimental…

Mon preux chevalier m'agrippe par la taille. Dans la nuit, nos regards s'illuminent. Il pose sa main veloutée sur ma nuque, et caresse ma joue de ses deux lèvres pleines. Il goûte ma bouche gourmande, et mon cou.

Nous marchons jusqu'à une Mercedes gris métallisé. Il m'ouvre la portière de cet admirable engin. Je m'assieds confortablement sur un siège en cuir. C'est exquis… c'est exquis… Jean-Christophe s'installe au volant, allume un cigarillo et un lecteur de CD à chargement automatique: Claude François chante pour nous accompagner.

Sur la route, Jean-Christophe parle peu. J'entretiens la conversation:

– J'étais chez SOS-Racisme dernièrement. J'y ai rencontrée une sauterelle, Mélanie Blanc, une généticienne vraiment très bien…

Il ne répond pas.

Le lecteur CD s'arrête; radio Nova s'enclenche sur Zao:

La guerre,
Ce n'est pas bon, ce n'est pas bon.
Quand les armes pleurent,
Ce n'est pas bon, ce n'est pas bon.

Quand la balle siffle, il n'y a pas de choisir.
Si tu fais pas vite, Changui mon cher, ô ! Cadavere.
Avec les coups de matraque tout à coup...

Jean-Christophe lui coupe la parole en tournant un bouton. Il me parle enfin :

– Qu'est-ce que tu comptes faire ? Tu es clandestine. C'est un peu problématique, non ?

– Clandestine moi ? Mais non. Je vais me marier.

Il s'étrangle :

– Avec qui ?

– Ah, il ne le sait pas encore.

Nous arrivons rue des Mauvais-Garçons, et pénétrons dans un parking souterrain. Jean-Christophe gare notre Mercedes, descend, et m'ouvre la portière. Nous marchons jusqu'à un ascenseur codé. Au cinquième étage, la porte s'ouvre directement sur le salon de notre appartement, magnifiquement agrémenté d'une cheminée prussienne en céramique polychrome, avec chauffe-assiette en laiton doré.

Jean-Christophe m'invite à m'asseoir sur un canapé de cuir, large et profond. Un gros chat ronronne contre l'un des accoudoirs.

– C'est un persan chinchilla, ma chérie.

– Qu'est-ce que tu m'offres à boire, mon chéri ?

– La femme de ménage a perdu les clés du bar. Un verre d'eau du robinet ?

– Oui, volontiers...

Il va chercher mon digestif, et revient le poser sur le plateau de marbre rose d'une petite table de salon. Il chasse le chat, s'assied à ma droite, et m'embrasse goulûment. Rassasié, il s'interrompt, reprend son souffle, et murmure :

– Alors ma petite indigène… c'est bon ?

– Je serai bientôt française…

– Déshabille-toi, ma chérie.

Je m'exécute ; il enlève ses chaussures et ses fixe-chaussettes. L'œil anthropométrique d'un contrôleur sanitaire, il considère mon anatomie :

– C'est curieux ; ta taille et tes hanches sont sous-dimensionnées, surtout par rapport à tes mollets. Combien pèsent tes mollets ?

– En entier, je pèse 47 kilos. Mais par pièces détachées, je ne sais pas.

– Combien mesures-tu ?

– 165 centimètres ; plus 53 centimètres aux fesses : c'est un peu maigre non ?

– C'est vrai.

Il boit mon verre d'eau.

– Tu devrais remodeler tout ça. Je connais un bon chirurgien esthétique.

Oui mais… Quand je serai huître, m'aimera-t-il encore ? Et qu'est-ce qu'un chirurgien esthétique peut faire pour une huître ?

Jean-Christophe porte mon corps nu dans sa chambre, un étage plus haut. Il me couche sur le drap de soie bordeaux d'un grand lit américain, retire sa chevalière et la pose sur une table de chevet Louis XV. Il disparaît dans une petite pièce jouxtant la chambre.

Je soupire de contentement.

Il me rejoint enfin, torse nu, enclenche un éclairage tamisé, et sort deux préservatifs du tiroir de la table de chevet. Nous glissons sous les couvertures. Il enfile le premier préservatif, le deuxième, déchire mon ventre et se transporte jusqu'au septième ciel.

29

De l'huîtreté dans le règne marital…

Il fait jour. Je me réveille à côté de Jean-Christophe. Je m'apprête à aller saluer mon futur mari sous les draps. Mais il quitte brusquement notre lit et sort de la chambre nuptiale : pas de rite de présentation.

– Je prends une douche, dit-il. Je reviens.

Je soupire de soulagement : petite Marie… nous sommes sauvées ; je l'épouserai et tu ne seras plus jamais clandestine, même si je deviens huître.

Le chat entre dans la chambre et saute sur le lit. Il ronronne dans mon cou. Chinchilla… je croyais que c'était une race de chien. Quoique, ce serait bien porté par une fleur exotique et carnivore d'Amérique du Sud. Je la vois bien cultivée par des Indiens nus et innocents bienheureusement préservés dans une réserve. Est-ce que j'étais chinchilla avant les Carambar ? Le Chinchilla est-il supérieur à l'Huître ? J'aimerais tant connaître ma véritable origine ; mon origine d'avant les origines d'avant… mon destin d'après les destins d'après…

Soudain, une petite fourmi, complètement affolée, débarque de sous le lit. Déculottée bien que stéatopyge, elle porte un gigantesque bonnet phrygien.

– Tu croyais te débarrasser de moi chez SOS-Racisme ? s'écrie-t-elle.

– Qui es-tu ?

– Tu croyais te débarrasser de moi… Mais tu oublies l'empreinte génétique que tu as laissée sur ta chaise, ma pauvre. Je suis le clone miniaturisé de ta dernière structure génétique, ma chère maman. Une génération spontanée… Je viens te prier de déclarer ma naissance à l'état civil. Je veux un *ac't de naissance.*

– Un *ac't de naissance* ? Pour quoi faire… J'en ai un, moi, et pourtant, il ne me dit rien de qui je suis à l'origine d'avant les Carambar… Non, je ne te reconnaîtrai pas ; de plus, tu n'es pas un enfant désiré. Et, si je ne sais pas d'où me vient la vie, je sais où elle va : je me marie. Laisse-moi tranquille.

La fourmi, ployant sous le poids de son gros derrière, écrabouillée par son bonnet, traîne la patte et se déplace difficilement.

– Te laisser tranquille ? Tu crois que ça m'amuse ? Tu crois qu'on m'a demandé mon avis ? Je n'étais *rien,* dans la béatitude du *néant,* et voilà qu'il faut que je *sois,* parce que mademoiselle a l'humeur génétique folâtre ? Parce que mademoiselle décide de se changer en fourmi géante qui laisse traîner son ADN sur sa chaise ? Tu ne pouvais pas l'essuyer non ? Tu ne t'essuies pas quand tu vas aux toilettes ?

– Je n'ai pas fait exprès. Et, je m'essuie si je veux.

– À ce propos, j'ai froid aux fesses. Tu n'aurais pas une culotte, Zara ?

– C'était bien la peine de faire la révolution. Écoute, je suis désolée de t'avoir… mise au monde, mais il y a les Carambar… je contrôle mal mes gènes ; il y a parfois des ratés… Et, j'ai déjà une petite fille… je ne peux pas m'occuper de toi. De plus, rien ne prouve que tu sois mon enfant ; des présomptions… rien que des présomptions…

– J'intenterai une action en reconnaissance de

maternité ! Je veux un *ac't de naissance* ! Je demanderai des analyses de sang !

– Jean-Christophe m'aime ; il va m'épouser et adopter Marie. Je n'ai ni le temps ni l'envie de me soumettre à tes analyses sanguines. Disparais.

Je m'apprête à l'écrabouiller avec mon pouce, mais elle m'échappe en ricanant :

– Tu ne te marieras jamais. Jamais, m'entends-tu ! Je ferai ce qu'il faut pour t'en empêcher. Je dirai tout à ton fiancé !

Je donne un coup de poing sur le lit, mais je la rate. Elle menace :

– Si tu ne me reconnais pas, les mutations, c'est terminé ! Je ferai en sorte que tu restes humaine, le peu de temps qu'il te reste à vivre. Et je m'arrangerai pour que les cavaliers noirs aient ta peau ! Zara ! Maman ! Au secours !

Trop tard. Le chat a donné le coup de griffe fatal. Reconnaissante, je caresse son poil soyeux.

Jean-Christophe remonte dans la chambre. Il porte un peignoir bleu marine. Le chat m'adresse un regard complice, et fait disparaître les traces de son crime d'un coup de langue agile.

Mon futur mari s'assied au bord du lit, à côté de moi. Il allume un cigarillo. Il sent bon. Je lui souris, glisse ma main sous son peignoir et caresse sa cuisse, tendrement, avant de remonter vers son sexe. Il se lève.

– Habille-toi, je dois partir.

– Déjà ?

Je tente de prendre sa main. Il esquive, et, caressant sa chevalière sur la table de chevet, m'avoue :

– J'ai prêté serment.

Mes entrailles se déchirent. Je regarde la bague,

retiens une larme. Mais la larme, trop lourde, glisse le long de mes joues et s'écrase à la commissure de mes lèvres.

– Non... Jean-Chris, dis-moi que ça n'est pas vrai !

Irrité, il enfonce le couteau dans la plaie :

– Si, si, j'ai prêté serment.

Je me redresse, m'assieds sur le lit. Je regarde la bague. Elle est grosse, moche. Une chevalière, comme anneau de mariage...

– C'est pas de chance. Il a fallu que je tombe sur un homme marié...

Je prends un Kleenex sur la table de chevet, et me mouche. Je regarde l'anneau, ne pouvant réprimer un reniflement sonore. Non... elle est vraiment trop moche. Un objet pareil peut tout symboliser, mais pas l'amour. Tout espoir n'est pas perdu. Je m'allonge à nouveau, sur le côté, et découvre ma hanche.

– Es-tu bien sûr d'aimer ta femme ?

– Non. Ce n'est pas ça.

– Je le savais. Tu ne l'aimes plus... Tu m'aimes !

Impassible, il se lève et fouille dans une penderie en teck ; il en sort un complet de tweed vert olive, et une lavallière jaune poussin. Il s'habille en se regardant dans le miroir. Je subtilise l'anneau sur la table de chevet et lui conseille :

– Quitte-la ! Quitte-la !

– Je ne suis pas marié enfin !

– Quoi ? Alors où est le problème ?

Il ajuste sa lavallière :

– Donne-moi mon anneau je te prie.

– Quel est le problème ? Tu es homo ? Tu es pacsé ? C'est... tu sais pour l'huître ?

– L'huître ? Quelle huître ?

– Je voulais t'en parler… Tu ne me mangeras pas, dis…

– Rends-moi mon anneau je te dis. J'ai prêté serment.

– À qui ? Tu es prêtre ? Tu as prêté serment à Dieu ?

– Tout à l'heure, j'ai appelé mes collègues de Château-Rouge. Tu comprends, je suis obligé de…

– Franc-maçon. Tu es franc-maçon ?

Las, il pousse un long soupir. Je l'implore en pleurant :

– Mais quoi ? Parle-moi !

Il ouvre une fenêtre et se penche pour regarder en bas de l'immeuble. Dehors, une voiture de police fait hurler sa sirène. Il se tourne vers moi et commande nerveusement :

– Dépêche-toi de t'habiller et rends-moi mon anneau !

– Je veux une explication ! Qu'as-tu contre les huîtres ? Je croyais que tu les aimais ! Ton grand-père n'était-il pas ostréiculteur ?

Dehors, la sirène s'est interrompue. Des portes de voiture claquent bruyamment. Il trépigne de rage :

– Elle est folle… J'ai prêté serment au ministère de l'Intérieur !

– Je ne comprends pas.

– Tu ne comprends pas ? Tu ne comprends pas ?

Je redouble de sanglots. Ulcéré, il va et vient dans la chambre.

– Elle ne comprend pas… Elle ne comprend pas…

Il cogne violemment contre le mur, se jette sur moi, et m'arrache l'anneau des mains en hurlant :

– Je suis commissaire principal ! Tu comprends ! Flic ! F-L-I-C ! Flic !

– Oh ! Mon pauvre Jean-Chris…

Je le serre tendrement dans mes bras :

– Mais c'est pas grave, va. Je t'aime quand même… Mon pauvre petit poulet d'amour… Ne culpabilise plus et ne t'inquiète pas : je prends ta vie en main. Tu ne me mangeras pas, dis ?

D'un geste vif, Jean-Christophe se dégage de mon étreinte. Il se prend la tête dans les mains et me regarde, les yeux sortis de leurs orbites :

– Toi ? Toi, tu m'aimes ? Mais pour qui te prends-tu ? Je ne t'aime pas, enfin ! Ça n'est pas possible ! Rends-toi compte ! Tu ne comprends pas ? J'expulse les clandestins moi !

On sonne en bas. Il descend ouvrir. J'entends des pas monter dans l'escalier et je perçois, confusément, les voix d'une demi-douzaine d'hommes.

Jean-Christophe Grand-Veneur réapparaît dans l'encadrement de la porte, accompagné de neuf policiers en uniforme noir.

> *Avec les coups de matraque tout à coup patatras, cadavere…*

TABLE

Achevé d'imprimer en août 1999 sur les presses
de l'imprimerie Bussière à Saint-Amand (Cher)

Dépôt légal : septembre 1999
Numéro d'impression : 1699
Imprimé en France